KB008655

카라멜
천사

카라멜 천사

오가와 미메이
짧은 이야기 모음

오가와 미메이 지음
박혜정 옮김

이매진

카라멜 천사

오가와 미메이 짧은 이야기 모음

1판 1쇄 2017년 3월 3일
지은이 오가와 미메이 **옮긴이** 박혜정
펴낸곳 이매진 **펴낸이** 정철수
등록 2003년 5월 14일 제313-2003-0183호
주소 서울시 은평구 진관3로 15-45, 1019동 101호 **전화** 02-3141-1917 **팩스** 02-3141-0917
이메일 imaginepub@naver.com **블로그** blog.naver.com/imaginepub
ISBN 979-11-5531-081-6 (03830)

- 이매진이 저작권자하고 독점 계약을 맺어 출간한 책입니다. 무단 전재와 복제를 할 수 없습니다.
- 환경을 생각해서 재생 종이로 만들고, 콩기름 잉크로 인쇄했습니다. 표지 종이는 앙코르 190그램이고, 본문 종이는 그린라이트 70그램입니다.
- 값은 뒤표지에 있습니다.
- 이 도서의 국립중앙도서관 출판시도서목록(CIP)은 서지정보유통지원시스템 홈페이지(http://seoji.nl.go.kr)와 국가자료공동목록시스템(http://www.nl.go.kr/kolisnet)에서 이용하실 수 있습니다(CIP 제어 번호: CIP2017005121).

* **일러두기** *
- 오가와 미메이(小川未明, 1882~1961)가 쓴 동화에서 한국에 소개되지 않은 짧은 이야기를 중심으로 가려 뽑아 우리말로 옮긴 책입니다.
- 이야기마다 끝에 적은 숫자는 처음 발표된 해를 가리킵니다.

차
례

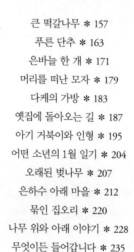

졸린 마을

이 소년의 이름을 알 수 없기 때문에 저는 일단 케이라고 부르겠습니다. 케이는 세계 여행을 한 적이 있습니다. 어느 날 '졸린 마을'이라는 이상한 곳에 갔습니다. 활기 없이 괴괴히 정적만 감도는 마을이었습니다. 건물은 죄다 낡아서 부서진 채 버려진 상태고, 공장 같은 것도 없어 연기 한 줄기 올라가지 않았습니다. 느린 평지 위에 마을이 펼쳐져 있을 뿐이었습니다.

이 마을은 어쩌다 '졸린 마을'이 됐을까요? 이곳을 지나는 사람은 모두 신기하게도 몸이 피곤해져 금세 잠이 들어버리기 때문입니다. 낮에도 마찬가지입니다. 이 마을에 들어서는 여행자는 갑자기 몸이 피곤해지고 눈꺼풀이 무거워집니다. '도저히 안 되겠다. 잠시만 쉬었다 가야지.' 이런 생각을 하며 동구 밖 나무그늘 아래나 마을 안에 있는 돌 위에 앉으면, 바로 그 순간 마치 깊고 깊은 동굴 속으로 끌려가듯 자기도 모르게 깊은 잠에 빠져들고 맙니다.

겨우 눈을 뜨면 이미 주변에 어둠이 깔려 있습니다. 놀라서 벌떡 일어나 길을 재촉해야 하죠. 이런 소문이 점점 퍼져 여행자들은 모두 이 마을에 가기를 꺼렸습니다. 일부러 먼 데로 돌아가는 사람도 있을 정도였어요.

케이는 사람들이 꺼리는 '졸린 마을'에 가보고 싶었습니다. '아무리 졸려도 참을 거야. 절대로 잠들지 말아야지.' 그렇게 마음먹고 호기심에 이끌려 '졸린 마을'을 향해 걸어갔습니다.

—

마을에 도착하니, 듣던 대로 음산한 동네였습니다. 침묵에 싸인 마을은 적막하고 엄숙해, 대낮인데도 꼭 한밤중 같았습니다. 연기 하나 피어오르지 않고, 볼만한 게 하나도 없었습니다. 어느 집이나 문을 꼭꼭 잠가놓은 채 마을 전체가 죽은 듯이 고요했습니다.

케이는 막 부서져 내린 누런 흙담을 따라 걸으며 깨진 문틈으로 집 안을 슬쩍슬쩍 엿봤습니다. 사람이 살고 있는지 어쩐지도 모를 만큼 안이 조용합니다. 지나는 나그네가 두고 간 듯 이따금 비쩍 마른 개가 비실거리며 마을을 서성일 뿐입니다. 주인을 잃고 어슬렁거리는구나 하고 케이는 생각했습니다. 마을 여기저기를 돌아보는 사이에 벌써 몸이 피곤해졌습니다.

"하아, 피곤하네. 잠도 오고. 그래도 여기서 잠들면 안 되는데. 참아야 해."

케이는 졸음을 쫓으려고 눈을 부릅떴습니다. 그런데 마취제라도 맞은 듯 몸이 점점 굳어졌습니다. 서 있지도 못할 만큼 잠이 쏟아져 결국 흙담 근처에 쓰러진 채 코를 드르렁드르렁 골았습니다.

—

늘어지게 한잠 푹 잤습니다. 잠결에 누군가 흔들어 깨운 듯해 케이는 눈을 동그랗게 뜨고 일어났습니다. 해는 진작 저물었고, 밤공기도 푸른 달빛에 차갑게 물들었습니다.

"아이쿠, 벌써 몇 시야. 아무리 졸려도 끝까지 참아야 했는데."

크게 후회했지만, 이미 어쩔 수 없었습니다. 땅에 떨어진 모자를 주워 다시 쓰고 주위를 휘 돌아보던 케이는 큰 자루를 짊어진 할아버지가 바로 옆에 서 있는 사실을 알아차렸습니다.

'아까 잘 때 누가 흔들어 깨운 것 같더니 이 할아버지였구나.'

케이는 별로 무서워하지 않고 할아버지 쪽으로 다가갔습니다. 달빛 아래 자세히 살펴보니 해진 양복에 다 낡아 빠진 구두를 신었습니다. 흰 수염도 덥수룩해 나이가 꽤 들어 보였습니다.

"할아버지는 누구세요?"

케이는 목소리에 힘을 줘 물었습니다.

할아버지는 케이 쪽으로 터벅터벅 걸어왔습니다.

"나다. 너를 깨운 사람은! 사실 내가 이 졸린 마을을 세웠어. 그러니까 나는 이 마을의 주인이다. 그런데 보다시피 이제 너무 늙었어. 그래서 말인데 네게 부탁을 좀 하고 싶어. 들어줄 수 있겠니?"

나이든 할아버지가 이렇게 부탁하니 남자로서 들어주지 않을 수 없습니다.

"제가 할 수 있는 일이라면 뭐든 해드릴게요."

케이가 약속하자 할아버지는 매우 흡족해했습니다.

"겨우 안심했다. 그럼 내 이야기를 좀 들어보렴. 나는 아주 오래전부터 이 세계에 살고 있었다. 그런데 어디선가 새로운 사람이 와서 내 땅을 다 빼앗았어. 내 땅에 철도를 깔고 기선을 움직여. 그게 다가 아냐. 전봇대도 꽂았지. 이대로 가면 이 지구상에 나무 한 그루, 꽃 한 송이 자라지 않을 거야. 나는 아름다운 산과 숲, 꽃 피는 들판을 사랑해. 지금 사람들이 잠깐도 쉬지 않고, 게다가 피곤해하지도 않으면 눈 깜짝할 사이에 지구는 사막으로 바뀌고 말 거야. 그래서 나는 피로의 사막에서 피로의 모래를 한가득 퍼왔다. 지금 등에 지고 있는 이 자루 말이다. 이 모래를 조금만 뿌리면 그곳은 금세 썩고 녹슬어 낡아버리지. 자, 네게 이 자루 안에 있는 모래를 나눠줄 테니 앞으로 세계 곳곳을 다니면서 조금씩 뿌려다오."

—

할아버지에게 이상한 부탁을 받은 케이는 그날부터 자루를 들고 지구를 걸어 다녔습니다. 어느 날 알프스 산속에 갔습니다. 눈앞에 말할 수 없이 아름다운 풍경이 펼쳐졌습니다. 그런데 그곳에서는 수백 명이나 되는 막노동자와 기술자들이 오래된 아름드리나무를 베어 쓰러뜨리고 다이너마이트로 우람한 바위를 깨부수며 철도를 깔고 있었습니다. 케이는 자루 안에서 모래를 한 줌 꺼내 인부들이 열심히 깔아놓은 철길 위에 뿌렸습니다. 그러자 하얗게 윤이 나던 철길이 금세 뻘겋게 녹이 슬었습니다.

번화하고 혼잡한 도시를 지날 때였습니다. 어린 수습공이 건너편에서 죽일 듯 위험하게 달려오는 차에 받혀 길바닥에 나동그라졌습니다. 차는 뒤도 안 돌아보고 내빼려 했습니다. 케이는 얼른 모래를 움켜쥐어 차바퀴에 뿌렸습니다. 그러자 차가 멈췄습니다. 사람들은 뺑소니 운전자를 어렵지 않게 붙잡을 수 있었습니다.

한번은 공사장 옆을 지나고 있었습니다. 많은 노동자들이 지친 얼굴로 땀을 뻘뻘 흘리면서 일하고 있었습니다. 그 모습이 안쓰러워 케이는 감독관 몸에 아주 살짝 모래를 뿌렸습니다. 그러자 감독관은 갑자기 피곤해졌습니다. "자, 모두들 잠시 쉰다." 감독관은 모자로 햇빛을 가리더니 이내 쿨쿨 잠들었습니다.

케이는 기차나 기선을 타고 철공장에도 갔습니다. 발길 닿는 대로 가는 곳마다 뿌린 덕에 마침내 모래가 다 떨어졌습니다.

"이 모래가 다 떨어지면 다시 여기로 돌아오너라. 그럼 너를 이 나라 왕자로 삼겠다." 할아버지가 한 말이 떠올라 소년은 다시 '졸린 마을'을 향해 걸어갔습니다.

며칠 뒤 소년은 '졸린 마을'에 도착했습니다. 그런데 옛날에 있던 잿빛 건물이 흔적도 없이 사라졌습니다. 커다란 건물이 빽빽하게 숲처럼 솟고 하늘은 탁한 연기로 뒤덮여 있습니다. 철공장에서는 요란한 진동 소리가 끊임없이 울려 퍼지고, 전선은 거미줄처럼 얽혀 있으며, 전차는 도시 가운데를 어지럽게 가로질러 갑니다.

소년은 할 말을 잃은 채 놀란 눈으로 이 광경을 뚫어져라 지켜봤습니다.

* 1914. 5.

장님 별

아주 먼 옛날, 어느 마을에 눈이 잘 보이지 않는 소녀가 살았습니다. 어머니는 소녀가 어릴 때 병을 얻어 세상을 떠났습니다. 그 뒤 들어온 새어머니는 소녀를 친딸처럼 여기기는커녕 괜한 일에 트집 잡고 구박하기 일쑤였죠.

소녀는 눈이 잘 보이지는 않았지만, 매우 똑똑하고 착한 아이 였습니다. 새어머니가 낳은 동생 사부로도 정성껏 돌보고 보살폈 습니다.

그렇게 동생을 아끼고 귀여워해도 새어머니는 소녀를 눈엣가 시로 여길 뿐이었습니다. 심술쟁이 새어머니하고 다르게 동생 사부 로는 누이를 잘 따르고 누이가 하는 말이라면 뭐든 잘 들었습니다.

사부로는 작고 귀여운 새 한 마리를 길렀습니다. 날개 빛깔이 아름다운데다 새장에서 하루 종일 맑게 지저귀며 부르는 노랫소리가 일품이라 사부로가 여간 애지중지하지 않았습니다. 사부로가 가장 소중히 여기는 보물이 이 새라는 건 두말할 필요도 없었죠.

심술쟁이 새어머니는 소녀에게 말했습니다.

"새한테 날마다 모이랑 물을 주거라. 혹시나 새를 놓치면 가만 안 둬. 그때는 집에서 쫓아내버릴 테다. 내 말 알아들었냐?"

온순하고 눈이 잘 보이지 않는 소녀는 그 말을 듣고 얼마나 당황했을까요?

그런 사정은 전혀 모른 채 작은 새는 아침부터 홰에 올라앉아 맑은 소리로 끊임없이 지저귀었습니다. 좁은 새장 틈새로 먼 하늘을 바라보며, 어떻게 해서든 넓은 세상으로 나가 새파란 하늘을 마음껏 날아보고 싶다고 생각했습니다.

나뭇가지나 하늘 저 먼 곳에서 새소리가 들려올 때마다 작은 새는 친구들의 자유가 얼마나 부러웠는지 모릅니다. 하루만이라도 좋으니 이 새장에서 벗어나 세상 곳곳의 풍경을 볼 수 있다면.

작은 새가 이렇게 바깥세상을 꿈꾸고 있을 때, 어느 날 눈이 잘 보이지 않는 소녀가 그만 새장 안에 놓인 모이 접시를 넘어뜨렸습니다. 접시를 바로 세우려고 새장 안에 손을 넣어 애를 태우는데, 그 바람에 새장 문 쪽에 틈이 생겼습니다. 작은 새는 이때를 놓치지 않고 잽싸게 몸을 움츠려 밖으로 빠져나왔습니다.

작은 새는 푸드덕거리며 밖으로 나와 일단 지붕 위에 앉아 잠깐 생각에 잠겼습니다. '이제부터 어디로 가면 좋을까?' 그때 집 안에서는 한바탕 소동이 벌어진 모양입니다. '우물쭈물하다 붙잡히면 에잇, 아무 소용없지.' 작은 새는 목청을 돋우어 드높게 울고, 저 너머 울창한 숲 그림자를 향해 날아갔습니다.

소녀는 어쩔 줄을 몰라 발을 동동 굴렀습니다. 그렇지만 눈이 잘 안 보여 아무것도 할 수 없었습니다.

이때 사부로가 누이한테 달려와 울음을 터뜨렸습니다.

"누나, 새 어디 갔어! 날아갔어? 내가 아끼는 건데, 어떡해."

상냥한 누이는 동생을 위로했습니다.

"사부로, 내가 잘못했어. 미안해. 네가 엄청 예뻐하는 걸 실수로 그만……. 누나가 잘못했어. 누나가 그 새를 찾아올게. 꼭 잡아올 테니 울지 마."

소란스러운 소리에 무슨 일이 일어났다고 생각한 새어머니가 안방에서 나왔습니다. 새가 없어진 이야기를 듣자마자 불같이 화를 냈습니다.

"세상에, 사부로가 얼마나 아끼는 건데 그걸 놓치니? 도대체 어쩔 셈이야? 그거 하나를 간수 못해서 이 말썽을 피우는 거냐. 기가 막혀서, 전에 우리 약속한 거 기억하지? 이제 너는 우리 집에서 나가야겠다. 어디든 네 마음대로 가."

소녀는 두 손을 모으고 눈물을 뚝뚝 흘리며 일부러 한 일이 아니니 용서해달라고 빌었습니다. 그렇지만 처음부터 내쫓을 구실만 찾고 있던 새어머니 귀에 그런 말이 들어올 리 없었습니다. 동생 사부로도 함께 어머니 소매 끝에 매달려 애원했지만 아무 소용이 없었습니다. 결국 소녀는 집에서 쫓겨났습니다.

"그렇게 집에 돌아오고 싶거들랑 달아난 새를 잡아오든가."

새어머니는 거들떠보지도 않고 큰소리로 꾸짖었습니다. 소녀는 가까스로 고개를 들고 울먹거리며 말했습니다.

"사부로, 누나가 꼭 새를 잡아 올게."

소녀는 집을 나왔습니다. 빈 새장을 들고 도시에서 시골로, 시골에서 다시 들판으로 무작정 헤매고 다녔습니다.

혹시 귀에 익은 새소리가 들릴까봐 길을 걷다 가만히 귀를 기울여보기도 했지만, 사방은 쥐죽은 듯 고요하기만 했습니다.

"새야! 새야! 제발 이 새장 안으로 돌아와 줘. 네가 돌아오지 않으면 나는 집에 갈 수 없어. 제발 돌아와 줘."

도망간 새를 향해 소녀는 혼자 외쳤습니다. 그러나 새가 날아오는 기적은 없었습니다.

할 수 없이 들판을 돌아다니다 점점 숲속으로 들어갔고, 산기슭까지 걸어갔습니다. 어느새 해가 뉘엿뉘엿 저물어 갑니다.

'어떡해, 새를 못 잡아가면 사부로가 속상해할 텐데. 어머니는 절대로 나를 용서하지 않으실 거야. 집에도 못 돌아가고, 그냥 이대로 죽어버리는 수밖에 없어.'

소녀는 그렇게 결심하고 터벅터벅 계속 걸어갔습니다.

높은 산등성이가 붉은빛과 황금빛으로 물들다가 금세 어둠 속에 잠깁니다. 소녀는 해가 지는 모습을 서글프게 바라봤습니다. 집을 나선 지도 한참 됐습니다. 지금쯤 동생과 어머니는 뭘 하고 있을까 생각하니 새삼 서럽고 불안해져 눈물이 왈칵 솟았습니다.

이제 길도 끝났습니다. 눈앞에 새파란 연못이 보입니다. 해는 이미 꼴딱 넘어갔고, 잔잔한 물 위에 반짝거리는 별들이 비칩니다.

눈이 잘 보이지는 않았지만, 깊고 검푸른 연못에 비친 별빛만은 알아볼 수 있었습니다. 소녀는 연못을 뚫어져라 쳐다보며 죽어버릴까 하고 곰곰이 생각했습니다.

그때 마침 물속에서 무슨 소리가 들려왔습니다.

"아씨, 아씨. 어떤 별이 되고 싶어요? 금빛 별이요? 은빛 별이요? 아니면 보랏빛 별이요?"

'틀림없이 신이 나를 구해주시는 거야.' 소녀는 곰곰이 생각했습니다. '별님이 되면 지금처럼 슬픈 일도 힘든 일도 없을 거야. 보고 싶은 엄마도 만날 수 있고, 또 온 세상을 돌아다니며 사부로가 아끼는 새를 찾을 수도 있겠지.'

그때 물속에서 또다시 소리가 들려왔습니다.

"아씨, 아씨. 어떤 별이 되고 싶어요? 금빛 별이요? 은빛 별이요? 아니면 보랏빛 별이요?"

소녀는 잠시 생각하다가 대답했습니다.

"금빛별이요."

물속에서 대답이 들려왔습니다.

"금빛별은 빠르답니다. 빨리 나가고, 늦게 들어와요."

'샛별은 하늘에 가장 먼저 나와 늦게 바다로 들어가는 별이니, 빨리 연못에 뛰어들라는 소리겠지?' 소녀는 곧바로 두 손을 모으고 신께 기도하며 물속에 풍덩 몸을 던졌습니다.

그날 밤부터 하늘에는 금빛 별 하나가 새로 나타났습니다.

그렇지만 그 별은 장님 별이었습니다. 장님 별은 다른 별님처럼 땅에서 멀리 떨어진 높은 천상계에 살 수 없었습니다. 이 별님은 날마다 밤 숲이나 산이나 들판 위를 헤매며 뭔가를 찾았습니다. 누이가 죽어서도 여전히 동생이 아끼던 새를 찾고 있었습니다.

어느 날 산, 나무 수풀, 풀숲, 강이 한자리에 모였습니다.

"장님 별이 너무 불쌍해."

"날마다 인간 세상 가까이 내려오다니, 그러다가 산이나 숲에 부딪치기라도 하면 어쩌려고."

"이거, 우리가 저 별에게 주의를 줘야 한다구."

"그래그래, 우리가 해야 할 일이야."

이렇게 의논한 뒤 다들 뿔뿔이 흩어졌습니다.

비 내리는 날만 빼고 장님 별은 늘 금빛을 내뿜으며 인간 세상 가까이 하늘을 떠돌았습니다. 여러분은 금빛으로 빛나는 별님이 산꼭대기에 닿을 듯이 지나가는 모습을 본 적 있죠? 그때 산골짜기 사이로 흐르는 시냇물은 목청껏 외칩니다. 숲에서는 바람이 일어나 쏴쏴 울고, 어떤 산은 붉은 불을 내뿜으며 별을 경계합니다.

장님 별은 높은 산꼭대기에 닿을 듯이 내려왔다가, 이 소리를 알아듣고 매우 추운 듯이 몸을 떨며 짙푸른 밤하늘을 무사히 지나쳐 갑니다.

신은 장님 별이 된 소녀가 가여웠습니다. 그렇다고 죄 없는 작은 새에게 벌을 줄 수도 없는 노릇입니다. 그저 밤마다 작은 새를 찾아 땅 가까이 내려가는 장님 별이 안쓰러웠습니다. 신은 생각했습니다.

'저렇게 헤매도 찾아낼 리 없으니 달아난 새를 밤에만 지저귀게 해야겠다. 다른 새들처럼 낮에 울지 않으면 장님 별이 새소리를 알아듣고 꼭 찾아내겠지.'

태양이 환하게 빛날 때 울창한 숲이나 산속에서, 또는 우듬지에서 우듬지로 옮겨 다니며 신나게 재잘거리는 다른 새들하고 다르게, 낮에는 실컷 자다가 컴컴한 밤중에야 홀로 우는 새가 있습니다. 옛날 새장에서 달아난 작은 새의 자손들입니다. 그러나 장님 별은 영원히 숲속 가까이 다가갈 수 없습니다. 멀리 접동새나 올빼미가 우는 소리를 들으면서 헛되이 높은 산꼭대기를 지나갈 따름입니다.

*1919. 6.

별 세계에서

숲이 우거지고 인적이 드문 작은 마을이 있습니다. 이따금 작은 새
가 호로록호로록 날아와 지저귀고, 봄이 되면 수풀 곳곳에 하얗고
향기로운 꽃들이 피어나는 곳입니다. 료키치는 그 마을 가난한 집
에서 태어났습니다.

료키치는 단짝 친구 후미오가 있습니다. 둘은 늘 붙어다닙니
다. 막대기를 갖고 놀고 달리기 시합도 하다가 싫증나면 낚싯대를
들고 강가에 갔습니다.

동구 밖으로 넉넉한 강물이 느릿느릿 흘러가고, 강가에는 풀이
수북합니다. 둘은 풀밭에 앉아 강물을 바라보며 낚시를 했습니다.

바람 부는 날에는 함께 밤을 주우러 다녔고, 마른 나뭇가지 따
위를 그러모아 부모님 일을 거들기도 했습니다. 둘은 네 것 내 것
없이 무엇이든 함께 갖고 놀았습니다.

가끔 부모님이 시내로 나가 그림책이나 장난감을 사오면, 료키치는 그걸 들고 부리나케 후미오에게 달려갔습니다. 후미오도 마찬가지였습니다. 신기한 물건을 하나라도 얻으면, 꼭 료키치에게 들고 가 보여줬습니다. 둘 사이에는 아무런 차별이 없었습니다. 시내에서 뚝 떨어진 한적한 마을이었지만, 둘은 쓸쓸한 줄도 모르고 늘 즐겁게 놀았습니다.

그러나 사람의 운명이란 언제 불행이 닥칠지 모르는 법입니다. 가을도 한참 깊어가는, 제법 쌀쌀한 때였습니다. 후미오가 감기로 앓아누웠습니다. 금세 나을 줄 알았는데 갈수록 더 아팠습니다. 그런 후미오가 걱정된 료키치는 날마다 찾아가 친구를 보살폈습니다. 후미오네 부모님도 정성껏 보살폈지만 쉬 낫지를 않았습니다. 머리맡에 앉아 걱정스럽게 자기를 바라보는 료키치에게 후미오는 야윈 얼굴로 방긋 웃으며 말했습니다.

"빨리 나아서 같이 놀자."

"그래, 같이 놀자. 몸은 좀 어때?"

료키치도 따라 웃으며 야위어서 더 작아진 친구 손을 꼭 쥐었습니다. 그러나 그게 마지막이었습니다. 그날 밤 끝내 후미오는 숨을 거뒀습니다.

—

료키치는 내내 울기만 했습니다. 후미오는 동네에 있는 절 묘지에 묻혔습니다. 료키치는 장례식 때도 계속 울면서 따라갔습니다. 후미오가 죽은 뒤에도 료키치는 틈만 나면 절에 찾아가 마치 살아 있는 친구하고 대화하듯 무덤 앞에 앉아 이야기를 했습니다.

"너 심심할 것 같아서 놀러왔어."

사람 그림자 하나 없이 쓸쓸한 공기만 가득한 무덤가에 초겨울 찬바람이 휘몰아쳐 마른 나뭇잎들이 공중이며 땅 위를 스산하게 굴러다닙니다. 그렇게 한동안 이야기하다 보면 어느새 사방에 어스름이 깔리고, 료키치는 그제야 아쉬워하며 집에 돌아갔습니다.

그런데 사정이 생겨 이듬해 료키치네 집이 다른 마을로 이사를 가야 했습니다. '한동안 후미오한테 갈 수 없겠구나.' 료키치는 어느 날 무덤에 찾아갔습니다. 이사 간다는 말을 한 뒤에도 료키치는 무덤 앞에 한참 서 있었습니다. 그러고는 마을을 떠났습니다.

료키치네 가족이 새로 이사 간 곳은 어느 부잣집 옆이었습니다. 그 부잣집에도 마침 리키조라는 또래 아이가 있었습니다. 둘은 금세 친해졌습니다.

리키조는 집이 부자라 갖고 싶은 물건은 무엇이든 사는 모양이었습니다. 유행하는 장난감, 예쁜 책, 그밖의 많은 것들을 리키조는 가끔 집밖에 들고 나와 친구들에게 보여줬습니다. 그중에는 처음 보는 신기한 장난감도 있었습니다. 그런데 리키조는 친구들에게 장난감을 보여만 주지 절대 빌려주지 않습니다. 빌려주더라도 제대로 한번 만져보기도 전에 도로 가져가버립니다.

료키치도 장난감들이 몹시 갖고 싶었습니다. 비행기, 모터보트, 오르골, 공기총 따위는 이제껏 한 번도 가져본 적이 없었습니다. 저것들 중에 하나만이라도 갖고 놀 수 있으면 얼마나 좋을까?

리키조가 들고온 장난감에서 비행기와 오르골이 가장 갖고 싶었습니다. 오르골에서는 말할 수 없이 아름다운 소리가 흘러나왔습니다.

"리키조, 그 소리 나는 장난감 좀 빌려주지 않을래?"

하루는 오르골을 들으며 놀고 있는 리키조 옆에서 료키치가 물어봤습니다. 리키조는 고개를 양옆으로 흔들며 거절했습니다.

"싫어. 이거 빌려주면 금방 고장낼걸."

"소중히 다룰 테니까 잠깐만 빌려주면 안 돼?"

료키치는 눈물이 그렁그렁한 눈으로 다시 한 번 부탁했습니다.

"난 남한테 빌려주는 거 싫어해."

리키조는 오르골을 빌려주지 않았습니다.

—

료키치는 할 수 없이 숲속에 들어갔습니다. 대나무를 잘라 작은 구멍을 내어 피리를 만들었습니다. 대나무 피리를 한 번 불자 사방에서 작은 새들이 날아와 가까운 나뭇가지에 앉았습니다. 그리고 피리가 친구라도 되는 양 짹짹거리며 장단을 맞췄습니다. 그 모습을 보자 리키조는 료키치의 피리가 갖고 싶었습니다.

"오르골 빌려줄 테니까, 그 피리 나 줄래?"

이번에는 리키조가 료키치에게 부탁을 했습니다. 료키치는 그러자며 기쁜 마음으로 피리를 줬습니다. '드디어 오르골을 직접 만져볼 수 있어.' 료키치는 오르골을 조심스럽게 들고 신기한 음색이 흘러나오는 기계를 바라봤습니다. 그런데 리키조가 금세 옆에 와서 오르골을 가져가버렸습니다.

"나 이제 집에 갈 거야. 오르골 돌려줘."

료키치는 서운한 듯 리키조의 뒷모습을 지켜봤습니다.

료키치네 집은 폐가나 다름없이 낡았습니다. 초라한 잠자리에 누워 료키치는 낮에 본 오르골과 비행기 같은 장난감들을 떠올렸습니다. 그때 마침 창으로 별빛이 새어 들어와 료키치의 얼굴을 환하게 비췄습니다.

아득히 높은 밤하늘에 별들이 색색의 광채를 내뿜습니다. 금빛도 있고 은빛도 있습니다. 초록 별, 보라 별, 파란 별도 보입니다. '장난감도 못 사고 신기한 물건도 가질 수 없지만, 저 하늘의 별은 내 거야. 밤마다 저 별을 보면서 자야지.' 료키치는 생각했습니다.

료키치는 잠자리에 들 때마다 창에 비치는 별빛을 보고 많은 생각을 했습니다. 그러던 어느 날 밤, 창에서 누군가 료키치에게 손짓을 합니다. 료키치는 자리에서 일어나 가까이 다가갔습니다. 그 사람은 후미오였습니다. 료키치는 후미오의 손을 꼭 잡았습니다.

"난 저기 별에서 살아. 그곳에는 훨씬 더 빠르고 멋진 비행기도 있고, 훨씬 더 좋은 악기도 있어. 다음에 올 때, 그거 다 들고 올게. 지금도 그 비행기 타고 온 거야. 이제부터 내가 날마다 놀러올게. 그러니까 너무 외로워하지 마."

"정말? 진짜 밤마다 놀러올 거야? 꼭 와야 돼. 네가 없어서 너무 외로워."

료키치는 울먹거리며 친구의 손에 매달렸습니다. 그러나 친구의 손은 얼음처럼 차갑고 얼굴은 밀랍처럼 투명했습니다. 료키치는 몰라보게 바뀐 친구 모습이 슬퍼 또 눈물을 흘렸습니다.

*1917. 9.

여러 꽃

이름 모를 갖가지 풀꽃들이 저마다 다른 운명을 안고 세상에 태어났습니다. 사람의 처지하고 다를 게 없었습니다.

드넓은 들판에 자줏빛 제비꽃이 피어났을 때 아직 산 끝자락에는 하얀 눈이 드문드문 남아 있었습니다.

봄이라고 해도 그저 이름만 봄이지, 어디를 둘러보나 추위에 움츠리고 헐벗은 풀과 나무가 쓸쓸히 떨고 서 있는 풍경만 보였습니다.

제비꽃은 저쪽 숲속에서 작은 새가 쓸쓸히 우는 소리를 들었습니다. 매서운 바람이 불어올 때마다 온몸이 얼어붙을 듯했지만, 그래도 요 며칠 사이 구름 빛이 차츰 환해지면서 그 틈새로 새어 나온 햇살이 들판을 따뜻하게 비춥니다. 그 모습을 보고 제비꽃은 기뻐서 가슴이 벅차올랐습니다.

제비꽃은 날마다 아침에 눈뜬 뒤부터 해 질 때까지 맑은 새소리를 들었습니다.

'어떤 새일까, 꼭 보고 싶다.'

그렇지만 끝내 제비꽃은 새를 보지 못하고 시들었습니다. 그때 마침 옆에서 해당화가 봉오리를 터뜨리기 시작했습니다. 해당화는 제비꽃이 혼잣말을 하며 쓸쓸히 지는 모습을 봤습니다.

새빨간 해당화는 햇살을 가득 받고 아름답게 피어났습니다.

어느 날 아침 해당화 가지에 작고 귀여운 새가 날아와 맑은 목소리로 울었습니다. 해당화는 작은 새에게 말을 걸었습니다.

"아, 정말 좋아서 뭐라 말씀드려야 할지. 제비꽃이 당신 목소리를 얼마나 그리워했는지 아세요? 꼭 한번 만나보고 싶다고 애타게 기다리다가 가엾게도 이틀쯤 전에 쓸쓸히 졌답니다."

작은 새는 고개를 기울여 듣고 있다가 대답했습니다.

"그거 저 아닌데요. 나비 아닐까요? 저같이 못생긴 얼굴을 본다고 뭐 눈이 즐겁겠습니까?"

"나비가 그렇게 예뻐요? 당신보다 더요?"

해당화가 놀라워했습니다.

"저는 맑은 목소리로 노래를 부르지만, 나비는 말이 없어요. 그래도 나비가 저보다 몇 배는 예쁘죠."

그리고 이내 포르르 어딘가로 날아갔습니다.

'아, 꼭 한번 만나고 싶다.'

해당화는 그때부터 예쁜 나비의 모습을 꿈꿨습니다. 그렇지만 여린 나비가 날아오기에 들판은 아직 쌀쌀했습니다.

바람이 몹시 불던 날 저녁, 해당화는 소리 없이 땅에 떨어져 흙으로 돌아갔습니다. 결국 나비를 보지 못하고 시들었습니다.

그 뒤 며칠이 지나 날이 따뜻해지자 들판에는 갖가지 꽃이 앞다퉈 피어났습니다. 날개가 아름다운 나비는 황금색 불꽃이 타오르듯 탐스럽게 피어난 민들레 위에 앉았습니다.

다른 많은 꽃들이 민들레를 부러워했습니다. 언젠가 작은 새의 울음소리를 듣고 그 새를 보고 싶어하던 제비꽃도, 작은 새에게 나비 이야기를 듣고 한번 보고 싶다고 생각하던 해당화도 이미 흙이 돼 흔적도 남아 있지 않을 무렵이었습니다.

민들레는 나비하고 즐겁게 떠들었습니다. 참으로 고요하고 화창한 날이었습니다. 그때 갑자기 또각또각 땅을 울리는 소리가 들려왔습니다.

"뭐지?"

민들레가 귀를 쫑긋 세웁니다.

"뭔가 무서운 게 이쪽으로 오는 모양이에요."

나비가 대답했습니다.

"나비님, 제발 제 곁에 있어줘요. 무서워 죽겠어요."

민들레가 오들오들 떨었습니다.

"저는 계속 이렇게 있을 수 없어요."

나비가 꽃 위에서 날아올랐습니다.

또각또각 소리는 점점 더 가까워졌습니다. 농부가 큰 말을 끌고 이 길을 지나가고 있었습니다. 또각또각 또각또각. 길가에 핀 민들레는 그렇게 말발굽에 밟혀 바스러졌습니다.

들판이 고요해졌습니다. 다음 날도 그다음 날도 날씨는 아주 맑았고, 이제 말은 지나가지 않았습니다.

＊1976(첫 출간 연도).

굴뚝과 버드나무

어느 맑은 겨울, 태양이 모처럼 환한 얼굴을 보여줬습니다. 그 모습을 보고 땅 위에 있는 모든 것들이 덩달아 방실방실 웃으며 기뻐합니다.

태양은 누구든 차별하지 않고 기꺼이 말상대가 되어줍니다. 마침 이때 흰 연기를 솔솔 피워 올리는 굴뚝에게 태양이 상냥하게 인사를 했습니다.

"요맘때면 꽤 바쁘실 텐데, 뭐 재미난 일 있어요?"

늘 말없이 우울한 얼굴로 서 있는 굴뚝이지만 이날만은 어쩐일인지 한껏 들떠서 떠들기 시작했습니다.

"덕분에 요즘 날마다 재미난 걸 봅니다. 이래도 되나 싶을 만큼 행복해요."

"뭐가 그리 재미있는지 저도 좀 들려주세요."

그러자 굴뚝이 이야기를 시작했습니다.

"정말 그동안 얼마나 외로웠는지 해님은 상상도 못 하실 거예요. 오랫동안 저는 아무 관심도 못 받았어요. 혼자 종일 비를 맞을 때도 있었고요, 한밤중에 갑자기 바람이 불어 멀미가 날 만큼 흔들린 적도 있었어요. 그런 일이 있어도 누구 하나 봐주는 사람이 없었어요. 이렇게 내내 버려져 있다가 몸에 숭숭 구멍이 뚫려 영원히 쓸모없어지는 건 아닐까 하는 생각까지 들었어요. 생각할수록 제 신세가 참 서글프더라고요.

벌레나 새들도 저를 무시했어요. 어느 날 새가 제 머리 꼭대기에 앉아 안을 힐끔 보더니 '더러워서 둥지도 못 틀겠군' 하며 투덜거렸고요. 거미는 또 어땠게요? 글쎄, 제 몸안이고 밖이고 막 멋대로 거미줄을 치는 거예요. 맙소사, 허락이라고요? 허락은 무슨, 사정이 이렇다저렇다 말 한마디 정도는 해줘야 되는데 그런 것도 없었어요. 그만큼 제가 우스웠겠죠.

뭐, 어쨌든 여름이 가고 가을이 왔습니다. 가을도 다 끝날 무렵 페인트공이 와서 저를 반들반들하고 예쁘게 칠하더군요. 생각도 못했는데 근사한 새 옷을 입으니까 솔직히 기분이 날아갈 것 같더라고요. 비바람이 몰아쳐도 앞으로 이삼 년은 끄떡없을 테니까요.

겨울이 오자 저는 갑자기 사람들한테 소중한 존재가 됐어요. 제 안에 있던 그을음이나 거미집 같은 게 말끔히 청소됐답니다. 그 뒤부터 제 생활은 말씀 안 드려도 아시겠죠?

날마다 뱃속에 지겹다 싶을 만큼 석탄을 넣어줘요. 춥고 배고프다는 생각은 꿈에서도 안 해요. 속이 따뜻하고 든든해 날이 추워도 걱정없어요. 비바람쯤이야, 하하하. 문제없어요. 이제야 제가 한 일과 능력을 알아주는 거겠죠? 사람들이 제 발치에 타오르는 불 옆으로 다가와요. 해님, 거기서 어떤 광경이 보이는 줄 아세요?"

"아뇨, 저는 지붕 위밖에 볼 수가 없습니다. 집 안은 전혀 몰라요. 꼭 듣고 싶네요."

"요사이에는 뭐, 떠들썩한 일이랄 게 없어요. 우리집 아가씨는 날마다 피아노를 치고 노래를 부른답니다. 선생님한테 배워온 재미난 노래를 꾀꼬리 같은 목소리로 불러요, 그뿐이게요? 어디서 봤는지 춤추는 흉내도 내요. 거기에 도련님까지 오면 둘이 이리저리 뛰어다니느라 정신이 하나도 없죠. 그러다가 또 금세 난로 앞에 나란히 앉아 초콜릿과 귤을 까먹으며 소곤소곤 이야기를 나누지요.

밤에는 눈부신 전등이 방안을 대낮처럼 비춰주고요. 테이블 위 꽃병에는 카네이션, 백합, 난초가 한가득이고요, 여자 손님이라도 오면 방에 향수 냄새까지 어우러져 남쪽 나라 화원이 따로 없다니까요.

저는 사람들 여행 다녀온 이야기나 연극과 음악 얘기도 듣거든요. 비바람에 괴로워하던 제가 이렇게 다시 살아났어요. 앞으로 계속 더 많은 걸 보고 듣고 싶은데 그럴 수 있을까요?

해님, 부디 제 소원을 들어주세요. 지금은 행복하지만, 곧 봄이 오고 여름이 되면 보나마나 다시 찬밥 신세가 될 거에요. 제 뱃속은 텅텅 비어버릴 거고요, 발치 난로에는 종이 나부랭이만 쌓이겠죠. 제발 제 소원을 들어주세요. 언제까지고 겨울이 계속 되게…… 되도록 천천히 걸어주세요."

굴뚝은 자기 형편을 한참 얘기한 다음 이렇게 부탁했습니다. 태양은 여전히 생글생글 웃고 있었습니다.

이때 굴뚝 옆에 힘없이 서 있던 버드나무가 끼어들었습니다. 이제껏 굴뚝이 하는 말을 잠자코 듣고만 있더니 갑자기 태양에게 하소연을 하기 시작했습니다.

"해님, 제 얘기도 좀 들어보세요. 요즘 날씨가 정말 추워서 뿌리가 꽁꽁 얼 것 같아요. 보시다시피 이제 늙어서 힘도 없고요. 얼마 남지 않은 가지도 밤마다 서리를 맞아 시들시들합니다. 그래서 드리는 말씀은 아니고요. 저는 오랜 세월 이 자리에 서서 이런저런 세상살이를 다 봤습니다. 이제는 말라 죽는다 해도 뭐 아쉬울 것 없어요. 그러니까 제 말은 저만 생각해 이런 부탁을 드리는 게 아니라는 뜻입니다.

해님, 날마다 서산으로 기울 무렵 그때부터 쭉 제 밑에서 석간신문을 파는 아이 혹시 보신 적 있습니까?

겨우 열 살이나 열 한 살쯤 됐어요. 장대비만 쏟아지지 않으면 꼭꼭 나와 있는 아이에요. 바람 부는 밤에도 방울을 흔들며 신문을 사라고 외칩니다. 세상에나 그 아이 손은 말이죠, 집에 있는 병든 어머니를 돌보느라 서리에 상한 제 가지보다 더 형편없습니다. 지난번에 몹시 추울 때는 손등이 퉁퉁 부어터져 피가 다 나더라고요.

그 아이 집에는 어린 여동생과 남동생이 있답니다. 아버지가 일찍 돌아가셔서 어머니 혼자 애들을 키우는데, 해님도 아시겠지만 그게 좀 힘든 일입니까? 게다가 그 어머니, 집에서 부업을 하느라 아파도 쉬지를 못해요. 어쨌든 그 돈으로는 네 식구 입에 풀칠하기도 힘드니까 큰애가 거리에서 신문을 파는 겁니다. 네거리 한가운데 우뚝 솟아 있는 제 밑에 와서 하루도 빠짐없이 지나가는 사람들한테 신문을 사라고, 어휴.

그런데 하루는 어쩐 일인지 신문이 영 안 팔렸어요. 그런데도 팔아야 하니까 집에 안 들어가고 마냥 이 자리에 서서 방울을 울리더라는 말씀입니다.

한참 뒤 창백하고 야윈 그 애 어머니가 나오더군요.

"너무 늦게까지 안 오길래 걱정돼서 나왔다. 이제 학교 갈 시간이야. 여기는 내가 있을 테니 어서 돌아가 밥 먹고 학교 가거라."

그러면서 어머니는 아이의 작은 어깨에서 신문 바구니를 내려주더군요. 그러더니 자기가 다시 그걸 메고 방울을 울리는 겁니다.

해님, 저는 이 착한 아이가 불쌍해 죽겠습니다. 하루 빨리 날이 따뜻해져 꽃이 피면 좋겠어요. 그러니 부디 빨리빨리 걸어주세요."

태양은 다정한 얼굴로 버드나무가 하는 이야기를 들으며 고개를 끄덕였지만, 누가 맞다 틀리다 대답을 하지는 않았습니다.

다음 날 태양은 꽤나 깊이 생각할 일이 있는 듯 종일 얼굴을 내비치지 않았습니다.

* 1921. 3.

들장미

큰 나라와 조금 작은 나라, 서로 이웃해 있는 두 나라는 별다른 다툼 없이 한동안 평화롭게 지냈습니다.

이곳은 수도에서 먼 국경, 양쪽 나라에서 한 사람씩 병사가 파견돼 국경을 정하는 비석을 지키고 있습니다. 큰 나라 병사는 노인이고 작은 나라 병사는 청년이었습니다. 두 사람은 비석의 오른쪽과 왼쪽에서 따로 경비를 섰습니다. 매우 호젓한 산속이라 나그네도 잘 지나가지 않는 곳입니다.

처음에는 서로 적일까 아군일까를 살피며 인사 한번 제대로 나누지 않았지만, 어느 새 둘은 찰떡궁합이 됐습니다. 둘 다 딱히 말 붙일 사람 하나 없이 지루한 산속 생활을 견뎌야 하는데다, 머리 위로 투명한 봄 햇살이 내내 내리비추기 때문이기도 했습니다.

마침 국경에는 누가 심었는지 모를 들장미 나무가 무성하게 자라났습니다. 아침 일찍부터 장미에 꿀벌이 날아들어 붕붕거립니다. 그 상쾌한 날갯짓 소리가 아직 자고 있는 두 사람의 귓가를 꿈결처럼 간지럽힙니다.

"이제 슬슬 일어나볼까. 꿀벌이 이리 시끄러운 거 보니."

둘은 약속이라도 한 듯 기지개를 켜며 일어났습니다. 밖으로 나오자 아닌 게 아니라 태양이 나뭇가지 끝에 걸려 힘차게 빛나고 있습니다.

둘은 바위틈에서 솟아나는 맑은 물로 입을 헹구고 얼굴을 씻은 다음 서로 마주봤습니다.

"여어, 잘 잤나? 날씨가 아주 화창해."

"그러게요. 정말 상쾌하네요."

둘은 그 자리에서 선 채로 이야기를 나누다가, 고개를 들고 함께 주위 풍경을 바라봤습니다. 날마다 보는 풍경인데도 볼 때마다 새롭습니다.

청년은 원래 장기 말 움직이는 법도 몰랐습니다. 그러다가 노인한테 장기를 배웠습니다. 요즘에는 나른해지는 점심때마다 노인하고 마주앉아 장기를 둡니다.

노인이 워낙 장기를 잘 둬 한동안은 몇 수 접어주고 시작했지만, 이제는 그냥 둬도 만만치 않습니다.

청년도 노인도 정직하고 온순하며 선량한 사람들입니다. 장기판 위에서는 온 힘을 다해 싸우지만 둘은 한 형제처럼 서로 허물없이 지냈습니다.

"이야, 이번 판은 내가 졌구만, 졌어. 이렇게 계속 도망만 치니

답답해서 원. 진짜 전쟁이었으면 어떻게 됐을지, 허허."

노인은 장기를 두다 말고 입을 함박만 하게 벌려 웃었습니다.

청년은 이길 수도 있다는 기대에 부풀어 눈을 반짝거리며 계속 상대편 왕을 쫓아갔습니다.

나뭇가지 끝에 앉은 작은 새가 즐거운 듯 잇따라 지저귀고, 흰 장미꽃은 싱그러운 향기를 가득 뿜어냅니다.

그곳에도 겨울은 어김없이 찾아들었습니다. 추울 때면 노인은 아들 녀석과 손자가 사는 남쪽을 그리워했습니다.

"빨리 고향에 돌아가고 싶어."

노인은 남쪽을 바라보며 나지막하게 중얼거렸습니다.

"어르신이 고향에 돌아가면 모르는 사람이 대신 올 테죠. 착하고 다정한 사람이면 다행이지만, 적이니 아군이니 따지는 사람이라면 저도 이곳 생활이 힘들어질 겁니다. 여기 좀더 있어주세요. 봄은 또 금방 올 겁니다."

청년은 말했습니다.

드디어 오랜 겨울이 지나고, 다시 봄이 왔습니다. 그런데 그때 다툼이 벌어진 두 나라가 전쟁을 시작했습니다. 그래서 지금껏 사이좋게 지내던 두 사람은 하루아침에 적이 됐습니다. 정말 아무리 생각해도 알 수 없는 일이었습니다.

"자, 자네하고 나는 오늘부터 적이 됐네. 비록 보잘것없는 늙은이일망정 그래도 계급이 소위니, 내 머리를 가져가면 자네는 진급해서 출세할 수 있을 거야. 그러니 어서 나를 죽이게."

청년은 노인의 말에 어이없다는 듯 대답했습니다.

"지금 무슨 말을 하시는 겁니까? 왜 우리가 서로 적이 됩니까? 이곳에는 내 적이 없습니다. 전쟁은 저 멀리 북쪽에서 벌어지고 있으니 저는 거기로 가서 싸우겠습니다."

그리고 청년은 전쟁터로 떠났습니다.

국경에는 노인만 홀로 남았습니다. 청년이 떠나고 나서 노인은 우두커니 앉아 하루하루를 보냈습니다. 들장미가 피면 꿀벌은 해가 떠서 질 때까지 모여들어 붕붕거렸습니다. 지금 전쟁은 아주 먼 곳에서 벌어지고 있습니다. 혹시나 해서 귀기울이고 하늘을 살폈지만, 총포 소리도 들리지 않고 검은 연기 그림자도 보이지 않습니다. 노인은 청년이 몹시 걱정됐습니다. 그렇게 세월이 흘러갔습니다.

어느 날 나그네가 그곳을 지나갔습니다. 노인은 그 사람에게 전쟁이 어떻게 됐냐고 물었습니다. 나그네는 작은 나라가 져서 그 나라 병사들은 깡그리 몰살되고 전쟁도 끝났다고 알려줬습니다.

그럼 청년도 죽은 걸까? 걱정을 하며 비석 주춧돌 위에 앉아 있는데 꾸벅꾸벅 졸음이 왔습니다. 저만치서 많은 사람이 몰려오는 기척에 노인은 고개를 들었습니다. 군대 행렬이었습니다. 말을 타고 맨 앞에서 군대를 지휘하는 사람은 바로 그 청년이었습니다. 군대는 매우 정숙해 소리 하나 내지 않았습니다. 이윽고 노인 앞을 지나칠 때 청년은 목례를 하고 조용히 장미 향기를 맡았습니다.

노인은 뭔가를 말하려다가 그 순간 잠이 깼습니다. 모두 꿈이었습니다. 그 뒤 한 달쯤 지나 들장미는 시들었습니다.

그해 가을, 노인은 남쪽으로 돌아갔습니다.

*1922. 9.

술 취한 별

깜박깜박 별빛이 깨진 창문 틈새로 들어와 사키치가 누운 자리를 비춥니다. 푸른 유리처럼 맑은 겨울 하늘에 별이 빛나고 있습니다.

사키치는 똑바로 누워 말똥말똥 그 별을 바라봤습니다. 별이 꼭 복스러운 할아버지 얼굴처럼 생겼습니다. 삼각 모자를 쓴 할아버지가 다정하고 동글동글한 얼굴로 따뜻하게 웃고 있습니다. 그런데 아무리 봐도 처음 본 얼굴이 아닌 듯했습니다.

'어디서 봤지?'

별을 올려다보는 사키치의 눈에 여러 가지 환상이 비칩니다.

작년 봄 일입니다. 사키치는 혼자 걷고 있었습니다. 늘 한적한 곳이었는데, 한 해가 저물 무렵이라 그런지 사람들이 바쁜 걸음으로 길을 재촉했습니다. 물건을 하나라도 더 팔려는 상인들이 가게 앞을 요란하게 꾸며놓아 가는 데마다 벅적거렸습니다.

이것저것 구경하다 보니 어느 교회 앞까지 왔습니다. 그날 마침 크리스마스 축제가 열려 교회 안이 떠들썩했습니다. 사키치는 평소에는 누구나 이곳에 들어와도 된다고 들었습니다. 머뭇거리며 입구 가까이 다가가 안을 살짝 엿봤습니다. 어른 아이 할 것 없이 많은 사람이 아름다운 음악에 맞춰 함께 노래를 부르고 있었습니다. 한가운데에 세워놓은 키 큰 상록수에 금색 종이와 은색 종이가 잔뜩 붙어 있고, 빨간색과 보라색 장난감에다 귀한 과일들이 매달려 있습니다.

그 옆에는 큰 자루를 짊어진 할아버지 인형이 있습니다. 눈 속을 헤매다 온 듯 할아버지는 멱신을 신었고, 등에는 풀솜으로 만든 흰 눈이 붙어 있습니다. 아마 이 동네 아이들을 기쁘게 해주려고 끝없이 넓은 잿빛 들판에서 보물 자루를 짊어지고 찾아온 모양입니다. 사키치는 인자한 할아버지 얼굴을 반갑게 바라보면서 별 속에 있는 할아버지하고 어딘가 비슷하다고 생각했습니다.

또 한 번은 어느 봄날로 기억합니다. 늘 그렇듯 집밖에서 혼자 놀고 있을 때였습니다. 사키치네 집은 가난하기 때문에 다른 아이들처럼 피리나 나팔, 기차 따위 장난감을 살 수 없었습니다.

길바닥에 우두커니 서 있는데, 갑자기 맑은 새소리가 들려왔습니다. '꽃이 피니까 산에서 작은 새가 날아 왔나보다.' 사키치는 새소리를 찾아 고개를 두리번거렸습니다. 저만치에서 할아버지가 양쪽 멜대에 새장을 한가득 매단 채 걸어오고 있었습니다. 사키치는 그 옆으로 뛰어갔습니다. 새장 안에서 이름 모를 작은 새들이 맑은 소리로 울어댔습니다.

'기차나 피리 같은 장난감은 다 필요 없어. 저 작은 새를 꼭 갖고 싶다.'

사키치는 할아버지 뒤를 졸졸 따라갔습니다. 그렇게 한참 따라가니까 할아버지가 멈춰 서서 뒤를 돌아봤습니다.

"얘야, 그렇게 새가 갖고 싶으냐?"

할아버지가 빙그레 웃으며 묻자 사키치는 눈을 반짝이며 말없이 고개를 끄덕였습니다. 어깨에 짊어진 새장을 내려놓은 할아버지가 담배를 꺼내 물더니 뻐끔뻐끔 하얀 연기를 내뿜었습니다.

"그렇게 갖고 싶다니, 한 마리 줄까?"

사키치의 작은 심장이 콩닥거리고, 귓불이 빨갛게 달아올랐습니다. 꼭 꿈을 꾸는 듯했습니다. 할아버지는 어떤 새든 상관없으니 마음에 드는 놈을 하나 고르라고 했습니다. 사키치는 목 주변이 붉고 귀여운 피리새가 갖고 싶다고 대답했습니다.

할아버지는 정말 좋은 사람이었습니다. 그 새를 새장에서 꺼내 사키치에게 줬습니다. 사키치는 하늘을 날 듯한 기분으로 집에 돌아왔습니다. 그리고 대문간 기둥에 걸려 있는 새장 안에 피리새를 넣었습니다. 피리새는 그 새장에 금세 익숙해져 날마다 아름다운 소리로 지저귀었습니다. 사키치는 모이를 준다는 둥 물을 준다는 둥 틈만 나면 새장 앞에 매달려 떠날 줄을 몰랐습니다.

어느 날 몹시 다정하던 사키치의 어머니가 덜컥 병이 났습니다. 사키치는 종일 곁에서 어머니를 돌봤습니다. 그렇지만 병은 나을 기미 없이 계속 깊어만 갔고, 사키치는 그런 어머니가 걱정돼 견딜 수 없었습니다. 그러느라 피리새에게 모이 주는 일도 까맣게 잊고 있었습니다. 사키치가 열심히 돌본 보람도 없이 어머니는 결국 세상을 떠났습니다. 사키치는 몹시 슬펐습니다. 그리고 그토록 예쁘하던 피리새도 어느새 죽어 있었습니다.

어머니와 피리새를 잃고 사키치는 외로운 하루하루를 보냈습니다. 아버지는 착하고 어진 사람이지만 집은 가난했습니다. 뜻대로 사키치를 공부시키지도 못하고 갖고 싶은 장난감을 마음대로 사주지도 못했습니다. 늘 해가 뜨면 일하러 나가 해가 지고 나서야 집에 돌아왔습니다. 지금껏 다저녁때 심부름은 거의 어머니 몫이었지만, 이제부터는 사키치가 해야 했습니다.

아버지가 술 좀 사오라고 하면, 사키치는 시내까지 술을 사러 나갔습니다. 그리고 한밤중 잠자리에 들어 언제나 창문으로 새어 들어오는 별빛 하나를 바라봤습니다. 그 별은 인자한 할아버지의 얼굴처럼 보였습니다. 사키치에게 피리새를 준 할아버지하고 비슷하게 생겼습니다.

사키치는 밤마다 그 별을 바라보며 공상에 빠졌습니다. 그러면 어느새 손발이 시린 줄도 모르고 가물가물 잠이 들었습니다.

어느 겨울 매서운 바람이 휘몰아치는 밤이었습니다.

"사키치야, 술 좀 사오너라."

사키치는 빈 술병을 들고 밖으로 나갔습니다. 눈길이 꽁꽁 얼어붙어 있습니다. 하늘은 검푸르게 맑고, 별빛은 튕겨져 나올 듯이 반짝거립니다. 덜덜 떨면서 시내까지 나가 술을 사 들고 서둘러 집으로 향했습니다.

쥐 죽은 듯 너른 들판에는 지나는 사람 하나 없고, 저 멀리 어두운 상록수 숲은 침묵에 잠긴 채 우뚝 솟아 있습니다. 바람이 허공을 가르고 지날 때마다 두 귀가 떨어져 나갈 듯 추운 밤입니다.

이때 갑자기 뭔가 쿵하고 앞을 가로막는 게 있었습니다. 놀라서 고개를 들어보니, 웬 할아버지가 떡 버티고 서서 싱글벙글 웃고 있습니다. 어디선가 본 적 있는 얼굴 같아 사키치가 가만히 쳐다보자 할아버지가 말했습니다.

"어, 춥다, 추워. 그 술 좀 마시자."

사키치는 술병을 숨기듯이 감싸 안았습니다.

"이건 아버지 갖다드려야 해요. 아버지가 기다리고 계셔서 할아버지한테 드릴 수 없어요."

"가끔은 아버지가 참기도 해야지. 오늘밤은 너무 추워서 도저히 못 견디겠구나. 네가 편안히 잠들게 밤마다 지켜보는데, 이거 원, 얼어 죽을까봐 내려온 거란다."

그러고 보니 정말 할아버지는 밤마다 잠들기 전에 보던 별님의 얼굴이었습니다. 그것만이 아닙니다. 삼각 모자도 쓰고 있었습니다.

어떻게 해야 할지 몰라 사키치는 어리둥절한 얼굴로 서 있었습니다. 그때 할아버지가 사키치 손에서 술병을 휙 뺏어가 입에 술을 콸콸콸 들이붓더니, 아주 맛있다는 듯 다 마셔버렸습니다.

"끄윽, 좋다. 아, 살 것 같네. 이제는 아무리 바람이 불어도 끄떡없어."

혼잣말하며 땅딸보 할아버지는 뒤뚱뒤뚱 눈길을 걸어 사라졌습니다.

사키치는 아버지에게 혼나지 않을까 걱정됐습니다. 집에 돌아와 할아버지에게 술을 준 이야기를 하니 아버지는 바보 같은 짓을 했다며 꾸짖었습니다.

"여우한테 속은 거야. 아니면 넘어져서 술을 몽땅 엎질렀든지."

아버지는 사키치가 하는 말을 믿어주지 않았습니다.

잠자리에 누운 사키치는 언제나 그렇듯 깨진 창문 틈으로 하늘을 올려다봤습니다. 신기하게도 그때 마침 삼각 모자를 쓴 할아버지가 비틀비틀 드넓은 하늘로 올라가고 있었습니다.

서리가 내린 듯 반짝거리는 하늘. 별빛은 검푸른 유리 같이 맑은 하늘을 구석구석 닦아내고 땅 위의 어두운 숲 위에도 내려앉았습니다.

할아버지는 난쟁이처럼, 눈에 보이지 않는 밧줄을 잡아당기며 하늘로 조금씩 조금씩 올라갔습니다. 그렇지만 술에 취해 이리로 기우뚱 저리로 기우뚱 떨어질 듯했습니다. 그때 머리에서 휙하고 삼각 모자가 벗겨졌습니다. 모자는 작은 불티처럼 아래로 팔랑팔랑 떨어져 내려왔습니다. 사키치는 깜짝 놀라 바로 일어나려다가 말고 그대로 잠들었습니다.

'내일 가보자, 내일.'

아침에 사키치는 아버지하고 함께 어젯밤 할아버지를 만난 들판에 나갔습니다. 흰 눈 위에 작고 세모난 은빛 돌 하나가 떨어져 있었습니다. 어젯밤 할아버지 모자가 떨어진 근처였습니다.

"이거 귀한 돌인데."

아버지는 돌을 들고 한참을 살폈습니다. 아버지하고 함께 주운 돌은 얼마 뒤 부자가 큰돈을 주고 사갔고, 덕분에 가난한 사키치네는 행복하게 살 수 있었습니다.

* 1920. 1.

늑대와 사람

아직 개발이 안 된 작은 마을이 있었습니다. 너무 외딴곳이라 시내에 한 번 나가려면 산기슭에 이어진 들판을 지나가야 했습니다. 삼십 리나 되는 먼 길로, 가는 내내 집 한 채 보이지 않습니다.

봄부터 여름까지는 풍경이 그야말로 장관이지만, 늦가을부터 겨울까지는 쓸쓸하기 그지없습니다. 아무튼 시내까지 나가려면 어떻게든 그 높은 들판을 지나쳐야 했습니다.

들판에는 가끔 늑대가 나타나 사람을 잡아먹는답니다. 여우가 사람을 홀린다는 이야기도 종종 들려옵니다. 겨울에 눈이 많이 내리면 사람들은 무서워서 혼자 그 길을 지나가지 못했습니다.

마을에 사냥꾼 영감님이 살았습니다. 오랜 세월 사냥을 한 영감님은 총 쏘는 솜씨가 좋았습니다. 날아가는 새나 뛰어가는 토끼, 곰이나 늑대 같은 맹수도 한번 표적으로 삼으면 절대로 놓치지 않고 총 한 방에 끝내버릴 정도였으니까요.

영감님은 평소에 곧잘 이런 말을 했습니다.

"곰이나 늑대 같은 맹수는 오히려 착한 구석이 있지. 왜 곰이 골짜기에 떨어진 사람을 구해줬다거나 길 잃은 사람을 늑대가 집에 데려다줬다는 옛날이야기 있잖아. 그게 다 진짜라는 말씀이야."

그러나 모든 곰과 늑대가 사람을 도와주지는 않습니다. 사람을 도와주는 곰이나 늑대, 사실 그게 더 신기한 이야기입니다. 산과 들판과 골짜기에 먹을 게 사라지면 그 녀석들은 마을을 덮칩니다. 가축은 말할 것도 없고 사람도 잡아먹습니다.

마을 사람들은 눈이 내리자 늑대와 곰이 덮칠까봐 두려워했습니다. 그렇지만 마을에 훌륭한 사냥꾼이 있는 동안은 크게 걱정할 필요 없습니다. 어느 해인가 곰 세 마리가 마을을 덮친 적이 있는데, 그때 영감님 혼자 곰들을 다 처리했습니다.

한마을에 요스케라는 약삭빠른 남자가 있었습니다. 요스케는 말솜씨가 좋고 눈치가 빠르며 남의 말에 장단을 잘 맞춥니다. 그래서 마을에서는 꾀돌이로 통했습니다.

어느 겨울 마을 사람들하고 함께 시내에 나간 요스케가 술을 마시는 바람에 그만 혼자 뒤처졌습니다. 그날은 여느 때하고 다르게 날씨가 좋은데다 아직 해도 다 저물지 않아서 요스케는 여관에 묵지 않고 바로 길을 나서기로 했습니다. 술기운이 적당히 올라 기분도 썩 좋았습니다.

요스케는 혼자 고원을 지나는 게 그다지 쓸쓸하다고는 생각하지 않았습니다. 새빨간 석양이 서산으로 넘어가면서 노을이 어슴푸

레 눈길을 비춥니다. 내일도 날씨가 좋을 모양입니다. 눈길이 살짝
얼어 있습니다. 요스케는 뽀드득뽀드득 눈을 밟으며 콧노래를 흥
얼거렸습니다.

겹겹이 포개진 산들이 서쪽으로 끝없이 이어져 있고, 구름 하
나 없이 발그스름한 하늘에 뾰족한 산봉우리가 우뚝 솟아 있습니
다. 사방이 쥐죽은 듯 고요합니다.

걸을수록 차츰 술이 깨자, 요스케는 한시라도 빨리 집에 돌아
가야겠다고 생각했습니다. 이때 저쪽 숲에서 '우우' 하는 늑대 울음
소리가 났습니다. 온몸이 오싹했습니다.

'불빛은 아직 멀었나? 서둘러야겠다. 여기서 늑대를 만나면 큰
일이지.'

요스케는 발걸음을 재촉했습니다. 한참 가다가 무심코 뒤를
흘끔 돌아보니, 저만치에서 웬 시커멓고 커다란 놈이 발밑에 눈을
부수며 이쪽으로 차츰차츰 다가오는 게 아닙니까?

요스케는 그 자리에 발이 붙어버렸습니다. 한 발짝도 더는 움
직일 수 없을 만큼 겁이 났습니다.

'이제는 다 끝났다. 내가 오늘 여기서 죽는구나. 왜 좀더 길을
빨리 나서지 않았을까? 그놈의 술은 왜 마셔가지고!'

후회스럽기만 했습니다. 모두 함께 길을 나섰으면 지금쯤 편안
히 불을 쬐며 수다나 떨고 있을 테지만, 이제 와서 그런 생각은 아
무 소용이 없었습니다. 늑대는 한 걸음 한 걸음 다가왔습니다.

요스케는 속으로 모든 신을 다 찾았습니다.

'하나님, 부처님, 제발 저 좀 살려주십시오.'

늑대는 아주 가까운 곳까지 다가왔습니다. 눈 밟는 소리가 귀 밑에서 들려왔습니다. 요스케는 모두 포기하고 뒤돌아섰습니다.

"나는 죽어도 되지만 집에는 처자식이 있다. 네가 목숨을 살려주면 원하는 걸 다 줄게. 집에 닭이 대여섯 마리 있어. 나를 잡아먹지 않으면 닭 세 마리를 줄 테니, 제발 살려다오."

요스케가 이렇게 부탁하자 늑대는 눈 위에 딱 멈춰선 채 움직이지를 않습니다. 요스케는 평소 사냥꾼 영감님이 하던 말을 떠올렸습니다.

'이 늑대가 인정을 베풀려나?'

뭔가 뒤통수를 끌어당기는 듯한 기분이 들었지만, 요스케는 머뭇머뭇 앞을 향해 걸어갔습니다. 늑대는 요스케가 한 말을 잘 알아듣기라도 한 듯 해치려는 기색 없이 그 뒤를 조용히 따라갔습니다.

요스케는 이따금 뒤를 돌아보고 싶었지만 차마 그럴 엄두가 나지 않았습니다. 늑대는 한두 발짝 떨어져서 곁을 지켜주듯이 느릿느릿 따라왔습니다.

집에 가면 닭 세 마리 준다는 말을 마치 염불 외우듯 끊임없이 중얼거리면서 요스케는 계속 걸어갔습니다.

늑대가 자기를 해치지 않으리라는 사실을 깨닫자 요스케의 머릿속이 차츰 복잡해졌습니다.

'빨리 마을 등불이 보였으면 좋겠다'거나 '닭 세 마리를 준다고 약속했는데 어떤 놈을 줘야 하나'거나.

그러나 아무리 생각해도 줄 만한 닭이 없었습니다. 모두 지난 가을에 비싼 값을 주고 산 닭입니다. 알은 또 얼마나 잘 낳는지, 그런 놈들을 늑대에게 주자니 아깝기 짝이 없었습니다. 그렇지만 목숨하고 바꿀 수는 없는 일이라고 생각하면서 걷는데 저만치에 희미하게 등불이 보였습니다.

"집에 가면 닭 세 마리 줄게."

같은 말을 계속 되풀이하면서도 닭이 아깝다는 생각은 점점 더해져만 갔습니다.

'내가 왜 늑대에게 닭을 줘야 하지? 사람 목숨을 빼앗는 늑대가 잘못이지, 내가 닭을 줄 이유는 없잖아. 이런 식으로 늑대를 속여서 데려간 다음 마을에 들어가자마자 소리를 크게 지르면, 모두 뛰어나와 늑대를 잡아줄 거야.'

요스케는 그렇게 마음을 고쳐먹었습니다.

드디어 마을에 들어왔습니다. 해가 지고 날이 추워 집집마다 문이 꼭꼭 닫혀 있었습니다. 요스케는 마음껏 큰 소리를 지를 수 없었습니다. 일이 잘못되면 늑대에게 잡아먹힐 지도 모릅니다.

"집에 가면 닭 세 마리 줄게."

요스케는 여전히 중얼거렸습니다. 그리고 마침내 집 앞에 도착했습니다. 그때 뒤를 흘깃 돌아보자 약간 떨어진 곳에 검은 늑대도 멈춰 서 있었습니다.

"자, 이제 집에 들어가고 나서……."

요스케는 문을 열고 허둥거리며 집에 들어가자마자 잽싸게 뒷문을 쾅 닫고 빗장을 걸어 잠갔습니다. 닭장 앞에 가보니 통통하게 살이 오른 닭 여섯 마리가 홰대에 앉아 편안히 자고 있습니다.

"이렇게 좋은 닭을 누구 좋으라고 줘? 쳇, 달걀도 날마다 얼마나 잘 낳는데."

문단속을 튼튼히 했으니 늑대가 제아무리 날뛰어도 부수고 들어오지 못할 테고, 만약 그러면 집에 있는 총포와 칼로…….

요스케는 늑대하고 한 약속 따위는 전혀 신경쓰지 않고 저녁상을 받았습니다. 오늘을 무사히 넘겨서 다행이라며 곁들여 술도 마시기 시작했습니다.

늑대가 바깥에서 어쩌고 있을까 잠간 궁금하기는 했지만, 그렇다고 문을 열어보고 싶지는 않았습니다. 술잔을 거푸 들이켜고 거나하게 취할 즈음에 동구 밖에서 오싹한 늑대 울음소리가 들려왔습니다. 기분이 썩 좋지는 않았습니다.

"짐승은 진짜 어리석구나. 지혜로운 인간을 당할 수가 없겠지."

이튿날 요스케는 어제 일을 사람들에게 떠벌리며 자기가 늑대를 잘 속여 넘겼다고 자랑했습니다.

"사람 목숨을 노린다는 자체가 괘씸한 거지. 그러니 늑대하고 한 약속이야 아무렴 어때?"

"어떤 늑대였어?"

"잿빛에 몸집이 컸어. 나이도 꽤 들어 보였고."

"그래도 옆에서 자네를 호위하며 온 셈 아닌가. 야박하기는, 뭘하나 주지 그랬어?"

꾀돌이 요스케는 의기양양하게 웃으며 대꾸했습니다.

"총 한 방이면 끝날 놈을 오히려 내 쪽에서 목숨을 살려준 셈아닌가. 늑대가 나한테 고마워해야지."

옆에서 듣고 있던 사냥꾼 영감이 고개를 갸웃하며 말했습니다.

"그렇게 거짓말을 하는 게 아닐세. 아무튼 늑대가 복수하지 말
아야 할 텐데."

그 뒤부터 요스케는 늑대가 나타날까 무서워 시내에 나갈 때
도 돌아올 때도 꼭 모든 사람들하고 함께했습니다. 그 모습이 우
스워 사람들이 돌아올 때 일부러 요스케를 떼놓기라도 할라치면
요스케는 모두 멈추라고 고래고래 소리를 지르며 헐레벌떡 쫓아왔
습니다. 어느 날부터 마을 사람들은 꾀돌이 요스케를 '겁쟁이 요스
케'로 부르게 됐답니다.

*1920. 1.

양귀비 밭

이 마을에서 저 마을로 떠돌아다니며 구걸하는 비렁뱅이 아버지와 아이가 있었습니다. 말없이 걸어가는 아버지 뒤를 열 살쯤 된 고타로가 부지런히 따라갑니다.

아버지와 아들은 이제껏 여러 마을을 지나왔습니다. 덜컹덜컹 쌀을 찧는 물방앗간도 지나갔고, 먼 곳까지 둥둥 북소리가 울리고 푸른 잎 사이로 깃발이 보이는, 봄 축제가 한창인 마을도 지나쳤습니다. 또 어떤 곳에서는 곡마단을 마주치기도 했습니다. 줄줄이 짐을 실은 말들의 행렬 뒤로 무슨 재미난 이야기를 하는지 남녀가 쉴 새 없이 떠들면서 거리 한가운데를 지나갔습니다. 그런가 하면 시내로 들어가려고 한적한 오솔길에서 걸음을 재촉한 때도 있습니다. 금방이라도 비가 쏟아질 듯 잔뜩 찌푸린 하늘을 걱정하면서 아버지가 성큼성큼 걸어갑니다. 그 뒤를 고타로도 작은 발로 서

둘러 쫓아갑니다. 그렇지만 고타로는 그 순간에도 밭 가운데 매화나무 잎 틈새로 보이는 새파란 매실을 놓치지 않습니다. 이런 아름다운 풍경을 보니, 고타로는 갑자기 서글퍼집니다. 얼굴조차 기억나지 않는 어머니가 떠올랐기 때문입니다.

"아버지, 엄마는요?"

"너한테는 엄마 같은 거 없다."

"그럼 돌아가신 거예요?"

"거 참, 성가시게스리. 아아, 그래, 죽었어."

아버지는 빽 소리를 질렀습니다.

아이는 앙상하게 뼈만 남은 작은 가슴을 떨면서 입을 다물었습니다.

시골이나 도시에서 돈을 좀 얻은 날이면 아버지는 기분이 제법 좋았습니다. 그렇지만 그렇지 않을 때는 입을 부루퉁하게 내밀고 버럭 호통을 칩니다.

"야, 이 장님아. 이것밖에 못하겠냐? 아무데나 확 버리고 갈까 보다."

그러면서 고타로가 내민 손에서 돈을 휙 낚아챕니다.

고타로는 애꾸눈이었습니다. 한쪽 눈이 망가진 까닭은 너무 어릴 때라 기억하지 못합니다.

한번은 푸른 바다가 보이는 북쪽 마을에서 이상한 사내와 여자를 만난 적이 있습니다. 마을이라고는 해도 집도 몇 채 안 되는 쓸쓸한 동네였습니다. 생선 도매상, 포목점, 가정용 잡화점 같은 가게가 여럿 있었는데, 생선 도매상이 가장 많아 온 동네가 늘 생선

냄새로 가득 차 있었습니다. 그 마을 싸구려 여인숙에 머물 때 아버지는 아이를 낯선 사내와 여자 앞에 내놓고 한참 이야기를 했습니다.

고타로는 잘 알아들을 수 없었지만, 그 낯선 사람들에게 자기를 보내려는 이야기 같았습니다. 고타로는 불안해져 눈물이 왈칵 솟구쳤습니다. 정말 아버지가 나를 보내려는 걸까? 돌아서서 아버지의 얼굴을 물끄러미 쳐다봤습니다. 그때 마침 낯선 여자가 말했습니다.

"글씨, 이 아는 의안을 끼웠은께. 댁네 사정이야 우짜든지 쓸모가 없어."

사내도 옆에서 쉰 목소리로 계속 뭐라 떠들었습니다.

"에잇, 딴 데로 가자."

아버지가 갑자기 고타로의 손을 잡아끌었습니다. 아버지하고 헤어지지 않게 됐다고 생각하자 긴장이 풀린 탓인지 눈물이 고타로의 뺨을 타고 흘러내렸습니다.

두 사람은 칙칙한 여관을 나와 소나무 숲속에 난 오솔길을 타고 다음 마을로 갔습니다.

고타로는 걸으면서 여러 가지를 생각했습니다. 아버지 기분이 별로 안 좋을 때마다 엄청 구박받으니 차라리 그 아줌마를 따라가면, 그 아줌마는 나를 예뻐할까? 그렇지만 그 옆에 쉰 목소리 아저씨는 무섭다. 뭐, 그런 생각들이었습니다. 또 고타로는 여자가 한 말을 떠올렸습니다. '댁네 사정이야 우짜든지……' 라고 했는데 우짜든지란 무슨 뜻일까? 고타로는 여자가 한 말이 무슨 뜻인지 잘 모르겠어서 아버지에게 물었습니다.

"아버지, 아까 그 아줌마는 어디 사람이에요?"

"서쪽인가? 알 게 뭐야."

그 뒤로 아버지는 고타로의 눈에서 의안을 빼내 멀리 던져버렸습니다. 지금까지 귀엽고 아름답던 소년의 얼굴이 금세 보기 흉측한 모습이 됐습니다. 그렇지만 아버지는 그게 오히려 구걸할 때 더 낫다고 생각합니다.

어느 날 저녁 두 사람은 번화가로 들어섰습니다. 이 마을은 왠지 이제껏 본 다른 마을보다 기분이 좋은 곳이었습니다. 말들이 덜컹덜컹 마차를 끌고 줄지어 마을 한복판을 지나갑니다.

술집 앞에 이르자 아버지는 고타로에게 말했습니다.

"저쪽 모퉁이에서 기다려라."

아버지는 술을 좋아합니다. 그래서 아버지가 술을 마시는 동안에는 이렇게 바깥에서 기다려야 합니다. 고타로는 고개를 끄덕이고 모퉁이에 서서 말이 지나가는 모습을 우두커니 구경했습니다. 어느새 말들의 긴 행렬이 다 지나갔습니다. 그런데 아버지가 아직도 나오지 않습니다.

'뭐하는 거지?'

고타로는 술집 입구에서 어두컴컴한 안을 엿봤습니다. 그러나 그곳에는 아버지가 있는 기척도 없을뿐더러 다른 사람의 말소리도 들리지 않았습니다.

"아버지! 아버지!"

고타로는 덜컥 겁이 나 울먹거리며 아버지를 불렀지만 또 대답이 없습니다. 안에서 술집 주인이 고개를 내밀고 말했습니다.

"아무도 안 왔다."

고타로는 아버지 혼자 벌써 가버렸나 싶어 얼른 뛰어갔습니다.

아무리 뛰어가도 아버지가 보이지 않았습니다. '분명히 저 거리 모퉁이에서 기다리라고 했는데, 나만 두고 아버지 혼자 갔을 리 없어. 어쩌면 지금쯤 모퉁이에서 나를 찾고 있을지도 몰라.' 고타로는 다시 술집 앞으로 돌아왔습니다. 그렇지만 결국 어디에서도 아버지를 찾을 수 없었습니다.

'나를 두고 아버지 혼자 멀리 갔나 봐.'

아이는 사라진 아버지를 찾아 정처 없이 거리를 헤맸습니다. 어느새 해가 뉘엿뉘엿 기울어 걸어 다니는 사람들의 얼굴이 어슴푸레하게 보입니다. 다리가 아프고 배도 고픈 채 동구 밖에 이르러 고타로는 지쳐 쓰러졌습니다.

서쪽 하늘에 잠겨버린 석양의 붉은 흔적이 실낱같이 남아 있습니다. 고타로는 멍하니 하늘을 쳐다봤습니다. 동구 밖으로 흐르는 강 위에 다리가 하나 있는데, 때마침 할머니가 지팡이를 짚고 그곳을 지나치고 있었습니다. 검은 두건을 쓰고 허리를 잔뜩 구부린 모습입니다. 할머니는 쓰러진 아이를 보고 깜짝 놀라 옆으로 다가왔습니다.

"쯧쯧, 가엽게시리. 왜 이런 찬 데서 잠을 자니?"

고타로는 아버지가 사라진 이야기를 할머니에게 털어놓았습니다. 자초지종을 다 듣고 나서 할머니가 말했습니다.

"나는 예전부터 여기 사는 점쟁이란다. 아무리 생각해도 내가 본 점괘가 맞았구나. 이 마을을 벗어나 사거리 두세 개를 가면 큰 저택이 나오는데, 그 주변은 돌담으로 둘러싸여 있다. 이 피리를 줄 테니, 피리를 불면서 돌담을 따라 걸어라. 그냥 걷지만 말고 돌을 하나씩 세면서 말이다. 그렇게 저택을 한 바퀴 돌면 오늘 밤 안으로 네 진짜 어머니를 만날 수 게다."

고타로는 오늘 밤 진짜 어머니를 만날 수 있다는 말에 지금까 지 겪은 서러움과 배고픔을 깨끗이 잊었습니다. 언제 지쳐서 쓰러 졌냐는 듯이 벌떡 일어나 할머니가 가르쳐준 방향으로 바로 달려 가려 했습니다. 그러자 할머니가 고타로를 불러 세웠습니다.

"얘야, 피리를 들고 가야지. 피리 부는 걸 잊으면 안 된다. 돌담 을 하나씩 세다가 다섯 개째에 피리를 불고, 열 개째 또 피리를 불 고, 알았지?"

그러고는 품에서 네다섯 살짜리 애들이나 갖고 노는 장난감 피리를 꺼내 고타로에게 건네줬습니다.

고타로는 한참을 걸어갔습니다. 마침 앞에 이쪽으로 걸어오는 사람이 보였습니다.

"이 근처에 돌담이 있는 큰 저택이 어디 있나요?"

"아아, 그 미치광이네. 거기라면 금방이다."

그 사람이 가르쳐준 대로 가면서도 고타로는 그런 집에 미친 사람이 산다니 신기하다며 놀랐습니다. 그렇지만 엄마를 다시 만 날 수 있다는데 그런 건 아무 문제가 아니었습니다. 조금 더 걸어 가니 과연 큰 저택이 보였습니다.

저택은 돌담으로 둘러싸여 있고, 집 안쪽으로는 나무가 빽빽하게 우거져 있습니다. 밤이 깊어가면서 사방은 더 고요해집니다. 달빛이 들판과 길을 푸르스름하게 물들입니다. 고타로는 할머니에게 받은 피리를 불면서 돌담을 하나씩 세기 시작했습니다.

저택 주위에는 넓은 밭이 있었습니다. 장미와 양귀비가 한창인 때라 밭에 장미꽃이며 양귀비꽃이 흐드러지게 피었습니다. 밤공기에 배어 있는 그리운 향기가 코 끝에 닿을 때마다 고타로는 엄마를 떠올렸습니다. 고타로는 돌을 하나씩 세고 피리를 불면서 저택의 바깥쪽을 돌았습니다.

그때 건너편에 어렴풋이 사람 그림자가 움직인 듯했습니다.

'누구지?'

누구인지 모르지만 그 사람은 피리 소리를 열심히 듣는 듯했습니다. 고타로가 피리를 불자 그림자도 이쪽으로 조금씩 다가옵니다.

"삼백팔십육."

돌을 세고 다시 피리를 불었습니다. 한밤중에 가느다란 피리 소리가 구슬프게 울려 퍼집니다. 피리 소리는 울리는가 싶으면 또 덧없이 사라져갔습니다. 그때 그림자가 이쪽으로 움직였습니다.

'피리 분다고 혼나는 건 아니겠지?'

딱히 혼내려는 것 같지는 않습니다. 그림자는 피리 소리를 듣고 먼 곳에서 이쪽을 가만히 바라봤습니다.

그림자가 점점 가까워지자 여자라는 걸 알 수 있었습니다. 아름다운 여인이 머리를 늘어뜨린 채 달빛 아래 서성이며 이쪽을 가만히 쳐다보고 있습니다.

'혹시 저 사람이 진짜 우리 엄마일까? 점쟁이 할머니가 오늘 밤 엄마를 만날 수 있다고 했는데.'

고타로는 가슴이 두근거렸습니다.

아이는 뛰는 가슴을 누르며 숫자를 센 뒤 피리를 불었습니다.

"삼백팔십구."

이때 아름다운 여인이 양귀비 밭에서 뛰어나왔습니다.

"고타로니?"

고타로는 자기를 부르는 소리에 눈이 휘둥그레졌습니다. 너무 놀라서 대답도 못하고 여인을 쳐다봤습니다.

"너, 고타로 맞지?"

여인은 그리운 목소리로 다시 한 번 고타로를 불렀습니다. 고타로는 저도 모르게 여인에게 달려들었습니다.

"우리 엄마예요?"

"세상에, 정말 맞구나. 아이고 내 새끼, 잘 왔다. 잘 왔어. 내가 너를 얼마나 찾아 헤맸는데. 네가 사라진 날부터 밤마다 여기 서서 네가 돌아오기만을 간절히 기다렸다, 우리 아가. 너 딱 네 살 때 여름이었어. 그때도 이렇게 피리를 불면서 집밖에 나갔는데, 그 뒤로 네가 사라진 거야. 네 허리띠에 부적 주머니가 붙어 있으니 길을 잃으면 거기 써놓은 이름을 보고 누구든 데려다줄 거라고 생각했는데, 틀림없이 나쁜 놈한테 끌려간 거라고…… 세상에, 그날부터 엄마는 병이 나고 자나깨나 네 걱정뿐이었단다. 너는 어릴 때 한쪽 눈을 못 쓰게 돼 의안을 했는데, 진짜 우리 고타로라면 눈이……"

여인은 고타로의 얼굴을 꼼꼼히 살펴봤습니다.

화난 아버지가 고타로의 눈에서 의안을 꺼내 던져버린 뒤로, 고타로는 한쪽 눈이 완전히 막혀 보기 흉한 모습이었습니다. 그렇지만 어머니는 자기 아이를 한눈에 알아보고 집으로 데려갔습니다.

집 안은 크고 으리으리했습니다. 구걸을 하며 다닐 때도 이렇게 멋진 집은 본 적이 없습니다. 고타로는 비로소 누이와 여동생을 만나고, 진짜 아버지도 만났습니다.

그날부터 고타로는 모자란 것 없이 행복하게 살았습니다. 그렇지만 이따금 거지 아버지가 생각났습니다. 지금쯤 어떻게 지내실까? 그런 생각이 들자 또 서글퍼져 눈물이 나옵니다.

*1920. 7.

나무에 오른 아이

어느 마을에 다쓰키치라는 소년이 있었습니다. 다쓰키치는 아주 어릴 때 아버지, 어머니하고 헤어져 할머니 손에서 자랐습니다.

다른 아이가 어머니에게 응석을 부리거나 누이나 형의 손에 이끌려 놀러 나가는 모습을 볼 때마다 다쓰키치는 왜 나만 혼자지 하는 생각이 들어 한없이 서글퍼졌습니다.

"할머니, 엄마는 어떻게 됐어요?"

다쓰키치가 이렇게 물으면 할머니는 주름진 손으로 아이의 머리를 쓰다듬으며 대답했습니다.

"네 엄마는 저기에 가버렸다."

다쓰키치는 저기라는 곳이 어디인지 몰랐습니다. 그저 구름이 흘러가는 하늘 저 어디쯤이라고 생각해 눈물을 글썽였습니다.

"할머니, 엄마는 언제 와?"

그럼 할머니는 언제나 그렇듯 손자의 머리를 어루만집니다.

"엄마는 하늘에 올라가 별이 돼서 이제 못 돌아와. 네가 얌전하게 무럭무럭 자라는 모습을 밤마다 하늘에서 보고 있단다."

다쓰키치는 그 말을 진짜로 믿었습니다. 그래서 매일 밤 대문간에 나가 검푸른 밤하늘에서 반짝거리는 별빛을 올려다봤습니다.

"어느 별이 우리 엄마지?"

아이는 고개를 뒤로 젖힌 채 시간 가는 줄 모르고 밤하늘에서 별을 찾았습니다.

할머니는 언젠가 사람이 죽으면 모두 하늘에 올라가 별이 된다고 했습니다.

밤하늘에는 셀 수 없이 많은 별들이 빛났습니다. 다쓰키치는 반짝반짝 하얗게 빛나는 큰 별과 가만히 빛나는 붉은 별, 반딧불처럼 희미하게 깜박이는 작은 별 중에 어느 것이 엄마 별인지 고민했습니다.

"엄마는 틀림없이 우리 집 지붕 위에서 나를 보고 계실 거야."

그래서 머리 위쪽 하늘에서만 별을 찾았습니다. 너무 반짝거리지도 않고 너무 크지도 않은, 다정해 보이는 붉은 별을 아이는 엄마 별이라고 믿었습니다.

그 별은 눈에 눈물을 가득 머금고 뭔가를 말하려는 듯 가만히 아래를 굽어봤습니다.

다쓰키치는 입안에서 몇 번이나 엄마를 불렀습니다. 아이가 밖에서 너무 오랫동안 밤바람을 맞고 서 있을 때면 할머니는 소리쳤습니다.

"다쓰키치야. 감기 걸릴라, 어여 들어와."

다쓰키치는 집에 들어서면서 대답했습니다.

"저, 엄마별 보고 있었어요."

그럼 할머니는 주름진 큰 손으로 말없이 아이의 머리를 어루만졌습니다.

다쓰키치가 겨우 열두 살 때였습니다.

아이는 할머니하고 헤어져 오십 리 넘게 떨어진 어느 마을에 고용살이를 하러 가야 했습니다.

처음으로 낯선 집에 간 다쓰키치는 아침이고 밤이고 혼자 있을 때마다 할머니는 지금 뭐하고 계실까 생각하며 눈물을 글썽였습니다.

집주인은 지나치게 엄격한 사람이었습니다. 일을 열심히 하지 않으면 좋은 사람이 될 수 없다며 다쓰키치에게 여러 가지 일을 많이 시켰습니다.

심부름을 하거나 물을 퍼 올리거나 이것저것 일을 돕느라 쉴 틈이 없었습니다. 이럴 때 아이는 얼마나 할머니의 다정한 손길과 웃는 얼굴이 보고 싶었을까요?

저녁을 먹고 나서는 고향에 있을 때처럼 늘 밖에 나가 별을 쳐다봤습니다. 다정하게 빛나는 붉은 별은 그곳에서도 보였습니다. 돌아가신 엄마가 여기까지 따라와 지붕 위에서 가만히 자기를 지켜보는 듯했습니다.

"엄마가 전부 보고 계셔."

다쓰키치는 하늘을 향해 혼자 중얼거렸습니다.

마을 끝자락에 삼나무 한 그루가 높이 솟은 멋진 절이 있습니다. 여름이 끝날 무렵이었지만, 아직 볕살이 뜨거워 아이들은 서늘한 절 안으로 몰려와 술래잡기를 하며 놀았습니다.

"이 나무 하늘까지 닿는다."

한 아이가 키 큰 삼나무를 올려다보며 불쑥 말했습니다. 놀다 지쳐서 다들 삼나무 아래 앉아 쉬고 있을 때였습니다.

"너 바보냐? 하늘은 좀 더 높은 데 있어."

다른 아이가 퉁바리를 줬습니다.

"이 나무는 하늘에 닿았잖아."

아까 그 아이가 다시 말했습니다.

"야, 하늘은 십 리나 이십 리, 백 리, 천 리나 멀리 떨어져 있어. 나무보다 훨씬, 훨씬 높은 데 있어."

좀 전에 핀잔을 준 아이가 더 큰 목소리로 말했습니다.

두 아이가 실랑이를 벌이자 아이들이 재미있게 듣습니다. 모두 그렇게 까르르 웃다가 또 다른 이야기들을 했습니다.

"그런데 별이 나무 꼭대기에 닿아 있어, 저 봐."

처음 그 아이가 말했습니다.

"아우, 답답해. 그렇게 보인다고 그게 진짜 닿은 거냐?"

아이 둘이 다시 옥신각신 다툽니다.

이때 다른 아이가 말했습니다.

"오늘 하늘은 되게 가깝다."

"선생님이 가을에는 공기가 맑아서 하늘이 가깝게 보인댔어."

나무 꼭대기는 하늘에 닿지 않는다던 아이가 말했습니다.

"하늘이 저렇게 가까이 나무에 닿아 있잖아. 너 눈멀었냐?"

처음 그 아이가 이번에는 화를 냈습니다. 그러고는 둘이 싸우기 시작했습니다.

"야, 싸우지 마. 그만들 둬!"

그중 가장 큰 아이가 말했습니다.

"저 안에 사람이 사는 별이 있대."

다른 아이도 끼어들었습니다.

다쓰키치는 사람이 죽으면 모두 하늘에 올라가 별이 된다던 할머니 말을 떠올렸습니다. 다쓰키치 눈에도 아까부터 하늘이 이 나무 꼭대기까지 낮게 내려와 있는 듯 보여 참을 수가 없었습니다.

'엄마가 내려오신 건지도 몰라.'

두 아이는 아직도 티격태격 싸웁니다.

"싸우지 마. 누가 나무 위에 올라가보면 돼지."

가장 큰 아이가 말했습니다.

그렇지만 높은 나무 꼭대기까지 올라가겠다고 나서는 아이는 하나도 없었습니다.

"내가 올라가볼래."

다쓰키치가 말했습니다.

아이들은 깜짝 놀란 듯이 다쓰키치를 쳐다봤습니다.

"네가 올라간다고?"

"엄청 높아. 떨어져도 나는 모른다."

"너 정말 올라갈 수 있어?"

저마다 한마디씩 떠들어댑니다.

다쓰키치는 잠자코 고개를 끄덕였습니다. 그런 뒤 작은 신을 휙 벗어던지고 나무에 올랐습니다.

아이들은 눈을 동그랗게 뜨고 위를 쳐다봤습니다. 주위는 이미 어둑어둑해졌고, 나뭇가지만이 바람에 흔들립니다. 나무 꼭대기에 닿아 있는 듯 보이는 별이 하늘에서 아름답게 빛나고 있습니다.

다쓰키치는 점점 더 높이 올라갔습니다. 작은 몸이 시커먼 나뭇가지 사이로 들어가 보이지 않았습니다.

"이제 꼭대기까지 올라갔나 봐."

밑에서 아이들이 말했습니다.

"어떻게 된 거지? 아직 안 내려와."

"야!"

아이들이 큰 소리로 외쳤습니다.

무슨 일인지 아무리 불러도 다쓰키치는 대답도 없고 밑으로 내려오지도 않았습니다. 아이들은 이상하게 생각하면서 계속 나무 위를 쳐다봤습니다.

밤바람이 나뭇가지를 흔들어 우수수 소리가 납니다. 사방이 깜깜해졌습니다. 차츰 불안해진 아이들이 몸을 움츠립니다.

"틀림없이 나무 위에 사는 구렁이한테 잡아먹힌 거야."

누군가 말하자 아이들이 '와' 하고 소리를 지르며 나무에서 멀찌감치 떨어졌습니다. 아예 집으로 뛰어간 아이도 있습니다. 나무 밑에는 다쓰키치가 신던 작은 신발 두 짝만 덩그러니 남아 있었습니다.

집으로 도망간 아이도 있지만, 다쓰키치가 걱정돼 계속 기다리는 아이도 있었습니다.

"어떻게 저런 높은 나무 위에 올라갔지?"

아이들 이야기를 듣고 몰려온 어른들이 웅성거렸습니다.

그러나 너무 어두워 아무도 선뜻 올라가려 하지는 않았습니다. 그저 밑에서 큰 소리로 다쓰키치의 이름을 부르기만 했는데, 대답은 여전히 없었습니다.

"내일 되면 알겠지."

사람들은 하나 둘 집으로 돌아갔습니다.

어느새 날이 밝았습니다. 다시 나무 아래로 사람들이 몰려왔습니다. 어른 한 사람이 나무 위에 올라가보니 다쓰키치가 입던 옷만 나뭇가지에 걸려 있을 뿐이었습니다. 모두 이상하다며 수군거렸습니다. 도대체 무슨 일이 벌어진 걸까요? 누군가는 다쓰키치가 박쥐가 돼 날아갔다고 했습니다. 또 누군가는 올빼미가 됐다고도……

* 1927. 7.

거문고 두 대와 두 소녀

어느 마을에 아주 귀하게 자란 아씨가 있었습니다. 똑똑하고 손재주가 좋은 아씨는 거문고를 잘 탔습니다. 날마다 집으로 선생이 찾아와 아씨에게 거문고를 가르쳤습니다.

거문고가 최상품이기도 했지만 솜씨가 워낙 뛰어나 그 맑은 음색이 동네 먼 곳까지 울려 퍼졌습니다.

"저 소리 좀 들어봐. 정말 좋다."

농부들은 논에 나가 일하다가도 거문고 소리가 들리면 괭이를 내팽개치고 앉아 조용히 귀를 기울였습니다. 부지런하기로 소문난 일꾼도 아씨가 거문고를 탈 때는 잠시 일손을 멈추고 혼잣말을 했습니다.

"야, 진짜 좋네. 이제껏 저런 소리는 들어본 적 없어."

마을 사람들 모두 아씨가 타는 거문고 소리를 좋아했습니다.

아씨의 거문고 솜씨가 널리 알려지자 부모는 말할 것도 없고 선생도 몹시 기뻐했습니다.

아씨네 집은 마을에서 알아주는 큰 부자라 아씨가 하고 싶어 하는 일은 거의 다 기쁜 마음으로 들어줬습니다. 그래서 아씨는 가끔 집으로 학교 친구들을 불러 음식을 대접하고 모든 이들 앞에서 둥당둥당 거문고를 뜯기도 했습니다.

동네 농부들의 딸들이 모두 그 집에 초대받아 놀러갔습니다. 그 중에는 누더기를 걸친 아주 가난한 소녀도 있었습니다. 깔끔한 다다미방을 지나갈 때 소녀들은 놀란 토끼 눈으로 주위를 두리번거렸습니다. 이것도 저것도 난생처음 보는 명품이기 때문입니다. 밖에서는 까르르 웃고 떠들며 뛰어놀던 아이들이 갑자기 어른스럽게 행동하면서 서로 멋쩍은 듯 웃습니다. 곧이어 밥상이 나오면 다들 입이 떡 벌어집니다. 붉은 팥밥과 생선구이에 먹음직스러운 반찬들이 한가득 놓여 있습니다. 이제껏 집에서는 이렇게 여러 가지 생선을 늘어놓고 밥을 먹은 적이 없습니다. 붉은 팥밥은 가끔 먹지만, 그런 일도 무척 드뭅니다.

모두 격식을 차리고 얌전히 앉아 있는 일이 답답해서 견딜 수 없었습니다. 넓은 들판이나 밭 가운데서 뛰어노는 편이 훨씬 좋다고 생각하는 아이도 있습니다. 그렇지만 아씨가 거문고를 타면 답답해서 좀이 쑤시던 일도 저린 발도 다 잊고 말할 수 없이 아름다운 소리에 빠져들었습니다. 거문고 소리는 슬프기도 하고 즐겁기도 해서 한마디로 표현할 길이 없었습니다. 그저 멍하니 앉아 '거문고 줄에서 어떻게 저런 맑은 소리가 흘러나오지?' 하고 신기하게 생각했습니다. 그렇게 좋은 소리가 어디서 나오느냐고 집에 돌아와 아버지에게 물어보는 아이도 있었습니다. 그러면 그 아버지는 고개를 갸웃하며 대답했습니다.

"뭐, 아주 비싼 거문고겠지."

마을에서 가장 가난한 집에 오하나라는 소녀가 살았습니다. 오하나도 다른 아이들하고 함께 아씨네 집에 초대받아 놀러갔습니다. 그리고 아씨가 타는 거문고 소리에 깊이 감동했습니다. 집으로 돌아오는 내내 오하나의 귓가에 거문고 소리가 맴돌았습니다.

'나도 거문고 꼭 타고 싶다.'

'그렇지만 그렇게 비싼 거문고를 어떻게 사겠어.'

그렇게 생각하자 오하나는 몹시 우울해졌습니다. 오하나는 학교에서는 선생님 말을 잘 듣고 집에서는 뭘 시켜도 싫다는 말없이 부모 일을 잘 돕는 기특한 아이입니다.

어느 날 집밖에서 어머니하고 함께 일하고 있을 때였습니다. 무슨 일인지 오하나가 일을 하다 말고 우두커니 서 있었습니다. 그러자 어머니가 핀잔을 줬습니다.

"정신을 어따 팔고 있어?"

오하나는 언젠가 들은 아씨의 거문고 소리를 생각하고 있었습니다. 그러다가 어머니가 소리를 지르는 통에 퍼뜩 정신을 차렸습니다.

"엄마, 나 거문고 타고 싶어요."

"거문고라니? 아씨가 타는 그 거문고?"

어머니가 반쯤은 놀란 듯 반쯤은 기가 막힌다는 듯이 물었습니다. 아이는 겸연쩍은 듯 고개를 끄덕였습니다.

"거문고를 타고 싶어요."

처음 한동안은 가여워하는 눈빛으로 쳐다보던 어머니는 이내 화난 목소리로 말했습니다.

"그런 부잣집 아씨나 갖고 있는 물건을 네가 무슨 수로? 생각 좀 하면서 말해라. 그 아씨 영리하고 똑똑한 거야 온 동네가 다 아는데, 네가 그 아씨 흉내를 내겠다고? 정말이지, 남들이 들으면 웃는다."

그러고는 다시 일하기 시작했습니다. 오하나는 생각했습니다. '그래, 엄마 말이 맞아. 내 생각이 틀렸어. 엄마 말이 당연히 맞지.'

오하나도 곧 일을 시작했습니다.

그렇지만 거문고 생각을 쉽게 떨쳐버릴 수 없었습니다. 그 뒤로도 오하나는 이따금 거문고 소리가 참 예쁘다거나 거문고가 있으면 좋겠다는 말을 했습니다.

오하나의 아버지는 아이 말을 잘 들어주는 자상한 사람입니다. 딸이 거문고를 갖고 싶어한다는 소리를 듣자 몹시 속이 상했습니다.

"다음에 시내 나가면 사줄 테니 그때까지 기다리라고 그래."

"그렇게 비싼 걸 살 돈이 어디 있어요? 애 말을 들어주는 것도 정도껏이지. 당신 미쳤수?"

어머니는 놀라서 눈이 휘둥그레졌습니다.

아버지는 빙그레 웃었습니다.

"애들은 말이야, 마음을 풀어줘야지, 마음을. 뭐 꼭 진짜가 아니면 어때, 장난감 거문고를 사줘도 우리 딸은 좋아할 거야."

오하나는 거문고를 사준다는 소리에 기뻐서 어쩔 줄 몰랐습니다. 언제쯤 거문고를 볼 수 있을까? 아버지가 언제 시내로 나가실까? 그날이 오기만을 손꼽아 기다렸습니다.

'거문고를 잘 타서 친구들 앞에서 들려줄 거야.'

오하나는 잇따라 여러 공상을 했습니다. 그러던 어느 날 드디어 아버지가 말했습니다.

"내일 날이 좋으면 시내에 나갔다 올게. 돌아오는 길에 네 거문고도 사줄 테니 집에 얌전히 있어."

오하나는 너무 들떠서 그날 밤 잠이 오지 않았습니다. 눈을 감은 둥 만 둥 하다가 날이 어슴푸레 밝아지는 듯하자 덧문을 열고 나와 하늘을 확인했습니다. 별이 총총 떠 있었습니다. 아버지는 수레에 땔감을 가득 싣고 시내에 나갔습니다.

오하나는 아버지가 돌아오기만을 목이 빠지게 기다렸습니다. 점심때가 지나자 드디어 아버지가 빈 수레를 끌고 돌아왔습니다. 수레에는 종이로 싼 작고 긴 물건이 있었습니다. 그 안에서 희미한 소리가 들렸습니다.

"자, 사왔다."

아버지는 수레에서 장난감 삼현금을 꺼내 딸에게 건넸습니다.

아씨가 타던, 오하나의 상상 속 거문고하고는 모습이 많이 달랐습니다.

그렇지만 금속으로 된 세 가닥 현을 건드리면 아름다운 소리가 울렸습니다.

"아빠, 진짜 고마워요."라며 소녀는 두 뺨을 붉혔습니다.

"이렇게 비싼 걸, 세상에. 오늘 실어간 장작 값인 줄이나 알아."

어머니는 화를 냈지만, 다정한 아버지는 기뻐하는 딸을 보고 흐뭇하게 웃었습니다.

그날부터 오하나는 틈만 나면 삼현금을 울렸습니다. '아주 잘 타야지. 아씨보다 더 잘 타서 친구들에게 보여줄 거야.'

그런데 삼현금에 어떤 노래를 어떻게 맞춰야 할지, 오하나는 방법을 전혀 몰랐습니다.

"아아. 나도 선생님한테 배우면, 열심히 할 수 있는데."

자기의 불행한 처지가 오하나는 슬펐습니다.

어느 날, 목둘레가 붉은 피리새 한 마리가 뒤꼍에 날아와 벚나무 가지에 앉았습니다. 그리고 맑은 소리로 지저귀기 시작했습니다. 피리새라면 옛날부터 거문고 타는 새라고 들은 적이 있습니다.

'얘가 혹시 나한테 거문고를 가르쳐주려고 날아왔나?'

오하나는 숨을 죽인 채 잠시 새소리에 귀를 기울였습니다. 피리새는 붉은 목 주변을 불룩하게 만들어 울었습니다. 나지막하지만 아가씨가 타는 거문고 소리에 지지 않을 만큼 아름답고 신비로운 소리였습니다.

"어떻게 해야 저렇게 맑은 소리가 날까?"

오하나는 피리새를 올려다보면서 중얼거렸습니다.

그러자 피리새가 나뭇가지에서 아래를 향해 말했습니다.

"호우, 호우, 구, 구, 구우, 구우……."

오하나는 그 장단에 맞춰 삼현금을 울렸습니다. 피리새는 나무 위에서 오하나의 삼현금에 박자를 맞추듯이 몇 번이나 함께 지저귀었습니다.

그 뒤로 오하나가 삼현금을 울리면 피리새뿐 아니라 다른 작은 새들까지 날아들어 즐거운 듯 노래를 불렀습니다.

오하나는 점점 마음먹은 대로 삼현금을 탈 수 있게 됐습니다. 그리고 자기가 타는 삼현금 소리가 어느새 다른 이들이 감탄할 정도가 됐다는 기분이 들었습니다.

"이 정도면 아씨한테 안 질 것 같은데?"

오하나는 친구들에게 들려주면 알 수 있다고 생각했습니다.

"엄마, 우리도 붉은 팥밥을 지어요. 친구들 불러서 거문고를 들려줄래요."

어머니는 놀란 눈으로 버럭 화를 냈습니다.

"이 바보가, 왜 자꾸 부잣집 아씨 흉내를 내려고 해? 맙소사, 그런 어린애 장난감 같은 거로 사람들을 불러서 어쩌게? 그 거문고인지 뭔지 사고 난 뒤부터 일은 안 하고, 허구한 날 아주 그것만 들고 사는 것도 못마땅한데. 붉은 팥밥 같은 소리 하지 말고 정신 차려."

어머니에게 크게 꾸지람을 듣자 오하나는 슬펐습니다. '내 삼현금 소리는 엄마조차 감동시키지 못하는구나.' 엄마한테 두 번 다시 그런 부탁 하지 말아야지 생각하며 눈물을 글썽인 채 혼자 쓸쓸히 거문고를 탔습니다.

뒤꼍 나뭇가지에는 여전히 피리새와 작은 새들이 날아와 함께 지저귀었습니다.

마을에서는 오하나가 타는 삼현금 소리를 칭찬하는 사람이 아무도 없었습니다. 아니 오하나가 삼현금을 탄다고 이야기하는 사람도 없었습니다. 그렇게 시간이 흘러 초가을 무렵에 오하나가 병에 걸렸습니다. 소녀는 기분이 좀 괜찮아지면 일어나 머리맡에 둔 삼현금을 뚱땅거릴 정도로 거문고를 좋아했습니다.

아버지는 오하나를 다정하게 위로했습니다.

"얼른 나아라. 하고 싶은 건 뭐든 다 해줄게."

"아빠, 다른 건 필요 없으니까, 병 나으면 친구들을 불러주세요. 거문고 소리를 들려주고 싶어요."

"그래그래, 그러자. 붉은 팥밥을 짓고, 다들 부르자꾸나."

그런 약속도 소용없이 얼마 지나지 않아 오하나는 결국 세상을 떠났습니다. 아버지는 말할 것도 없고 늘 야단만 치던 어머니도 깊은 슬픔에 빠졌습니다.

어느 날 낯선 노인이 오하나네 집에 찾아왔습니다.

"저는 아씨 댁에 가서 거문고를 가르치는 사람이올시다. 이 집 앞을 지나칠 때마다 늘 삼현금 소리가 들리던데 요즘 통 들리지 않네요. 혹시 무슨 일이 있나 걱정돼서 이렇게 찾아왔습니다. 이 집 아이가 삼현금을 정말 잘 켜던데요."

"우리 딸이 삼현금을 잘 탔습니까? 아무한테도 배우지 않고 제 혼자 한 거예요. 친구들 불러놓고 거문고를 들려주고 싶다는 걸 무슨 바보 같은 소리냐고 들은 척도 안 했습니다. 정말 재주가 있었나요?"

사람 좋은 아버지가 거문고 선생에게 물었습니다.

"이 집 앞을 지날 때마다 저는 늘 감동했습니다."

"우리 애는 병으로 얼마 전에 세상을 떠났습니다."

노인은 소녀가 죽어 무척 안타까운 듯 눈시울을 적시며 그 집 앞을 떠났습니다.

그 뒤로 오하나의 어머니는 그렇게 삼현금을 잘 타는 줄 알았 으면 제 소원대로 붉은 팥밥 지어서 친구들을 부를 걸 그랬다며 가슴을 쳤습니다. 어느 날 어머니는 팥밥을 지어 무덤가에 가져가 한탄했습니다.

"우리는 네가 그렇게 거문고를 잘 타는지 몰랐구나."

어머니가 가고 난 뒤 피리새와 다른 작은 새들이 무덤가 나무 에 날아들었습니다. 그리고 즐거운 듯 맑은 소리로 노래해 땅속에 잠들어 있는 오하나를 위로했습니다. 새들은 한참 지저귀다가 무 덤 앞에 내려와 마치 친구네 집에 놀러온 듯 붉은 팥밥을 한 톨도 남기지 않고 먹어치웠습니다.

* 1976(첫 출간 연도).

붉은 공주와 검은 왕자

옛날 어느 나라에 아름다운 공주가 살았습니다. 늘 붉은 옷 위에 길고 탐스러운 머리칼을 늘어뜨리고 다녀 사람들은 '붉은 공주'라 고 불렀습니다.

어느 날 이웃 나라에서 공주를 신부로 맞아들이고 싶다며 사 람을 보냈습니다. 그렇지만 공주는 이웃 나라 왕자를 한 번도 보지 못한데다 그 나라가 어떤 곳인지도 몰랐습니다.

"글쎄, 어떡한다지."

공주는 깊은 고민 끝에 이웃 나라에 정탐꾼을 보내기로 했습 니다.

"너는 그 나라에 가서, 사람들이 왕자님을 어떻게 말하는지, 또 왕자님이 어떤 분인지 직접 보고 오너라."

정탐꾼은 곧바로 왕자가 사는 나라로 떠났습니다. 그런데 벌써 이웃 나라에는 혼담 문제로 공주의 부하가 정탐하러 온다는 소문이 파다하게 퍼졌습니다. 소식은 곧 궁전까지 들어갔습니다.

"무슨 일이 있어도 그 아름다운 공주를 내 신부로 삼겠다."

왕자는 공주를 꼭 아내로 맞이하고 싶었기 때문에 정탐꾼을 찾아내 극진히 대접했습니다.

정탐꾼은 자기 나라로 돌아가자마자 공주님 앞에 곧장 불려갔습니다.

"정말 지혜롭고 훌륭한 왕자님이셨습니다. 궁전은 금과 은으로 장식돼 있고, 도시는 크고 화려하며 깨끗했습니다."

공주는 정탐꾼의 보고를 받고 속으로 기뻐했습니다. 그렇지만 매우 신중한 성격이라 한 사람의 말만 듣고는 쉬 마음을 놓을 수 없었습니다. 그래서 정탐꾼을 또 한 사람 보내기로 했습니다.

'이번에는 모습을 바꿔 들여보내야겠다. 안 그러면 왕자의 진짜 모습은 알 수 없을지도 몰라.'

공주는 정탐꾼을 거지로 꾸며 이웃 나라에 보냈습니다.

이웃 나라에는 동서남북 안 가는 곳 없이 돌아다니는 거지들이 많아 공주가 보낸 두 번째 정탐꾼을 아무도 알아차리지 못했습니다.

거지 모습으로 변장한 덕분에 정탐꾼은 시중에 떠도는 온갖 소문을 주워들을 수 있었습니다. 두 번째 정탐꾼은 서둘러 자기 나라로 돌아갔습니다.

공주는 거지 옷을 갈아입을 시간도 주지 않고 정탐꾼을 불러들여 이웃 나라에서 보고 들은 이야기를 하나도 빠짐없이 전하라고 했습니다.

"저는 왕자님을 직접 뵐 수는 없었습니다. 그러나 분명히 들었습니다. 왕자님은 궁전 밖으로 나올 때 늘 검은 마차를 타십니다. 언제나 검은 비단 모자를 쓰고 연미복을 입는다고 합니다. 그리고 또 하나, 한쪽 눈을 볼 수 없어 검은 안경을 쓴다고 들었습니다."

공주는 조용히 귀를 기울였습니다. 첫 번째 정탐꾼이 한 말하고 너무 달라 깜짝 놀랐습니다. 바로 혼담을 거절할까 싶었지만, 이웃 나라 왕자가 앙심을 품고 쳐들어올지도 몰라 쉽게 결정하지 못했습니다.

마음이 여린 공주는 한편으로는 애꾸눈 왕자의 처지가 가여웠습니다. 왕자하고 결혼해 위로해줘야 할까? 붉은 공주는 날마다 먼 하늘을 우두커니 바라보며 시름에 잠겼습니다. 그럴 때마다 검은 비단 모자를 쓰고, 검은 연미복을 입고, 검은 마차를 탄 왕자의 환영이 나타나 저 너머 지평선을 가로질러 갔습니다.

비 내리는 날에도 검은 마차가 달려갔고, 바람 부는 날에도 검은 비단 모자를 쓰고 연미복을 입은 왕자의 환영이 달려갔습니다.

공주님은 어떻게 해야 할지 갈피를 잡지 못했습니다.

어느 때는 '아아, 이렇게 환영에 시달리는 것도 내 운명일 테지' 하며 한숨을 쉬었고, 어느 때는 '나만 참으면 되는 일'이라고 생각했습니다. 그사이 왕자는 여러 차례 결혼을 재촉하며 온갖 금은보화에 신기한 물건들을 산더미처럼 수레에 쌓아 실려 보냈습니다. 공주도 혈통 좋은 흑마 두 마리를 답례로 보냈습니다.

결국 두 나라에 붉은 공주와 검은 왕자가 결혼한다는 소문이 퍼졌습니다. 그때 한 노파가 공주를 찾아와 뵙기를 청했습니다. 노파는 앞일을 내다보는 이름난 예언가였습니다. 이제껏 중요한 일이 있을 때마다 한 이야기가 다 들어맞아서 사람들은 노파를 두려워하며 따랐습니다.

"이 결혼은 적과 흑의 결혼입니다. 흑이 적에게 끈덕지게 들러붙어 있어요. 공주님, 당신은 왕자에게 생피를 빨릴 겁니다. 몹시 불길합니다. 이 결혼을 하시면 이 나라에 역병이 번질 겁니다."

노파는 그렇게 예언했습니다.

공주는 더욱 깊은 시름에 빠졌습니다. '어떡해야 하지? 나는 어쩌면 좋지?' 날마다 긴 소매에 얼굴을 묻고 눈물을 흘렸습니다.

왕자와 공주가 약속한 결혼식이 점점 다가왔습니다. 공주는 어떻게 해야 할지 신하들에게 의견을 물었습니다.

신하들이 다 모여 있는데 또 다시 공주 눈앞에 검은 비단 모자를 쓰고 연미복은 입은 왕자가 검은 마차를 타고 가는 환영이 뚜렷하게 나타났습니다. 공주는 온몸이 오싹해졌습니다.

"여하튼 집념이 강한 왕자라 하니, 공주님은 서둘러 이곳을 떠나 저기 먼 섬으로 피하시는 게 어떨지요. 그 섬은 날씨도 좋고, 곱고 향이 진한 꽃도 늘 피어 있다고 합니다."

한 신하가 고개를 조아리며 말했습니다.

공주는 신하의 말을 따르기로 했습니다. 누군가 알아차리기 전에 일단 먼 섬에 몸을 숨기기로 말입니다. 어느 날 배에 금은보화를 가득 실었습니다. 붉은 옷을 입은 공주는 시녀 셋을 거느리고 배에 단정히 앉았습니다.

배는 항구를 떠나 푸른 바다 한가운데로 조용히 나아갔습니다. 하늘이 투명합니다. 바다 멀리 저편으로 섬 그림자가 어슴푸레 드리워져 있습니다.

그런데 무거운 금은보화 때문에 육지가 희미하게 보일 무렵부터 배가 차츰 물속으로 가라앉기 시작했습니다. 공주와 시녀들은 깜짝 놀랐습니다.

"어디를 가도 왕자가 나를 놓아주지 않는구나. 틀림없이 나를 잡아끌고 있는 거야."

공주가 한탄했습니다.

"아닙니다, 공주님. 배에 금은보화를 너무 많이 실어 그렇습니다. 그 무게를 줄이면 배는 가볍게 뜰 것이옵니다."

시녀들이 대답했습니다.

"그럼, 금과 은을 전부 바닷속에 던져버려라."

공주가 명령했습니다.

시녀들은 금과 은을 손에 들고 바닷속에 하나씩 던졌습니다. 육지 쪽에서는 공주가 피신하는 사실을 아는 신하 몇몇만이 이 모습을 지켜보고 있었습니다. 그런데 이때 갑자기 물위가 반짝거리더니 눈부신 빛이 물속으로 가라앉았습니다. 그리고 공주의 붉은 옷에 햇빛이 비쳐 바다가 붉게 물드는 듯 보였습니다.

금은보화를 아무리 버려도 배는 물속으로 천천히 가라앉았습니다. 시녀들이 저마다 던지는 보석들이 반짝이고 마치 구름이 일렁이는 듯 공주의 붉은 옷이 석양에 비치는 모습을 육지에서는 멍하니 바라볼 수밖에 없었습니다.

"공주님의 배가 바닷속에 가라앉겠어."

신하들이 웅성거리기 시작했습니다.

드디어 붉은 공주와 검은 왕자가 결혼식을 올리는 날입니다. 기다려도 기다려도 오지 않는 공주 때문에 왕자는 머리끝까지 화가 치밀었습니다. 그러면서도 한편으로는 공주에게 무슨 일이 생겼나 걱정이 됐습니다. 그래서 용맹한 병사 몇 명을 거느리고 공주를 손수 찾아 나섰습니다. 비단 모자를 쓰고 연미복을 입은 왕자는 공주가 선물한 흑마에게 마차를 끌게 했습니다. 그리고 공주의 궁전이 있는 성벽 아래로 쏜살같이 달려갔습니다.

'별일 없어야 할 텐데.' 성벽 아래 백성들 모두 걱정이 이만저만이 아니었습니다. 마침 그때 왕자가 찾아온다는 소식이 전해졌습니다. 무슨 일을 당할까봐 백성들은 집에 들어가 문을 꼭꼭 걸어 잠갔습니다.

이윽고 밤이 되자 집 앞으로 또각또각 말발굽 소리가 울려 퍼졌습니다. 이어서 말발굽 소리가 어지럽게 뒤섞여 들려왔습니다. 모두 숨을 죽인 채 조용히 그 소리에 귀를 기울였습니다. 한참 뒤 말발굽 소리는 서서히 멀어져갔습니다.

멀어지는가 싶던 말발굽 소리는 조금 뒤 다시 또각또각 울리며 가까이 다가왔습니다. 이어서 여러 소리가 헝클어진 채 들려왔습니다. 저쪽에 공주님이 없으니까 다시 이쪽으로 오는가 봅니다.

'공주님은 어제 저녁 바닷속에 가라앉았잖아. 아무리 찾아도 소용없지.' 사람들은 속으로 혀를 찼습니다.

말발굽 소리가 또 들려왔습니다. 이번에는 이쪽에서 저쪽으로 되돌아갑니다.

"공주는 어디로 가버린 거냐!"

분노에 찬 외침이 어둠 속에서 쩌렁쩌렁 울렸습니다.

얼마 뒤 말발굽 소리가 사라지자 하늘을 스치는 밤바람 소리가 희미하게 들려왔습니다. 그러나 말발굽 소리는 한밤중에 다시 들려왔습니다. 끊임없이 마을을 왔다갔다 또각거렸습니다. 새벽 무렵이 돼서야 왕자는 무리를 이끌고 바다로 달려갔습니다. 사람들은 그날 밤 내내 잠들지 못하고 말발굽 소리에 귀를 기울였습니다.

날이 환히 밝자 왕자와 병사들 무리는 성곽 아래 어디에서도 보이지 않았습니다. 어젯밤 왕자가 탄 마차도 왕자를 따라온 기마병들도 파도 위에 급히 뛰어들어 결국 바다 깊이 가라앉은 모양이었습니다.

노을이 붉게 물든 저녁, 하늘에서 우르르쾅쾅 천둥이 울리며 바다 위로 번개가 내리치고, 마치 마차가 달려가는 것처럼 먹구름이 하늘을 빠르게 흘러갑니다. 사람들은 이 모습을 보면 아직도 이렇게 말합니다.

"검은 왕자가 붉은 공주를 사모해 쫓아가신다."

* 1922. 9.

절름발이 말

지로는 어느 날 무거운 짐을 등에 잔뜩 싣고 가는 절름발이 말을
봤습니다.

말이 몹시 불쌍해 보였습니다. 얼마나 힘들까 생각하며 지로는
물끄러미 말을 쳐다봤습니다. 힘차게 빨리 걷는 튼튼한 말 뒤에서
절름발이 말이 절뚝절뚝 걷습니다. 지지 않으려는 듯 땀을 뻘뻘 흘
리며 열심히 걷고는 있지만 자꾸 뒤처졌습니다.

"이 절름발이 녀석, 빨리 좀 걸어……."

말 주인이 철썩철썩 엉덩이를 내리쳤습니다.

지로는 길 저쪽으로 멀어져가는 말의 뒤꽁무니를 가만히 지켜
봤습니다. 지로는 이제 여섯 살입니다.

집에 돌아오자마자 형과 누나에게 오늘 길에서 불쌍한 말을
봤다고 말했습니다.

"말이 무거운 짐을 잔뜩 싣고 절뚝거리면서 갔어."

형과 누나는 웃기만 했습니다.

"도대체 뭘 봤다는 거야……."

지로는 다시 한 번 형과 누나에게 오늘 본 불쌍하고 가여운 말 이야기를 열심히 해줬습니다. 그렇지만 그럴수록 마음이 초조해져 제대로 말도 못하고 더듬거리기만 할 뿐입니다. 형과 누나가 계속 들은 체 만 체 대꾸를 안 해주자 지로는 큰소리를 쳤습니다.

"그럼 내일 저녁 밖에 나가 봐. 그 말이 꼭 지나갈 거야……."

"그래그래, 지나가면 알려줘."

형과 누나가 대답했습니다. 이튿날 저녁 친구들이 술래잡기를 하거나 팽이를 돌리며 놀고 있을 때, 지로는 혼자 뚝 떨어져서 지나가는 말과 수레를 뚫어져라 쳐다봤습니다. 오늘 그 말이 또 지나 간다고 생각한 때문입니다.

지로가 서 있는 곳 앞으로 수레와 말이 누런 먼지를 일으키며 지나갑니다. 말과 수레가 지나간 뒤에도 먼지는 여전히 공중에 남 아 떠돌았지만, 끝내 절름발이 말은 지나가지 않았습니다.

"지로, 절름발이 말 지나갔어?"

형과 누나가 집에 들어서는 지로에게 물었습니다. 지로는 시무 룩한 얼굴로 고개를 저었습니다. 오늘 이 길을 지나가지는 않았지 만, 절름발이 말은 틀림없이 어제처럼 무거운 짐을 가득 싣고 어딘 가로 걸어갔을 겁니다. 그 불쌍한 모습을 떠올리니 지로는 금세 눈 물이 글썽해졌습니다.

지로는 책상 서랍에서 색종이와 가위를 꺼내왔습니다. 푸른색

종이에 절름발이 말을 그린 다음 가위로 오려냈습니다.

그때 본 절름발이 말하고 아주 비슷해 보였습니다.

지로는 종이 말을 책상 위에 세워보려 애쓰면서 또 공상에 빠집니다.

'불쌍한 말은 오늘도 짐을 싣고 어딘가로 걷고 있겠지?'

지로는 푸른 종이 말을 바라봤습니다. 그때 본 말이 푸른색은 아니었지만 종이 말을 한참 보는 사이 어느새 지로의 머릿속에서는 절름발이 말도 푸른색으로 바뀌어 있었습니다.

명자나무 꽃이 필 무렵이었습니다. 형이 어디선가 명자나무 화분을 얻어왔습니다. 새빨간 꽃들이 겨루기라도 하듯 활짝 피어 있습니다. 형은 화분을 툇마루 쪽 돌 위에 얹어놓고 아침마다 물을 줬습니다.

어느 날 밤 마당에서 고양이가 시끄럽게 울며 싸움을 했습니다. 그런데 이튿날 보니 명자나무 가지 하나가 꺾여 있었습니다. 고양이가 싸우면서 건드린 모양입니다. 그 주변에 흰 고양이털이 수북이 떨어져 있었습니다. 누나하고 지로도 놀랐지만 형이 가장 크게 놀라고 실망했습니다.

"어떻게 하면 가지가 원래대로 될까?"

형은 고양이를 원망했습니다. 이때 마침 작은 아버지가 집에 오셨습니다. 그리고 슬퍼하는 형에게 알려줬습니다.

"그렇게 슬퍼하지 않아도 돼. 비 내리는 날 밖에 화분을 내놓으면 꺾인 데서 금방 새순이 돋아날 거야."

형은 그 말을 듣고 뛸듯이 기뻐했습니다. 작은아버지 말대로 형은 비가 내리는 날 명자나무 화분을 바깥에 내놓았습니다.

지로는 형이 하는 행동을 잠자코 지켜봤습니다. 비를 맞으면 꺾인 가지에서 싹이 난다고 했어. 그럼 절름발이 말도 비를 맞으면 다리가 펴질 거야. 지로는 그렇게 생각했습니다.

하늘이 어두컴컴하게 찌푸린 날이었습니다. 지로는 누나에게 푸른 종이 말을 건네주며 부탁했습니다.

"누나, 이 말을 이층 지붕 위에 놔 줘."

"왜?"

누나는 의아해했습니다. 지로는 키가 작아 혼자서 종이 말을 창밖에 내보낼 수 없었습니다.

"그냥 놔 줘."

"비가 올 것 같은데. 그럼 말이 젖어."

"비를 맞으면 말 다리가 펴질 거야."

지로가 하는 대답을 듣고 누나, 옆에 있던 형, 모든 가족이 다 같이 웃었습니다.

"그래, 맞아. 펴질 거야."

누나가 빙그레 웃었습니다. 가족들은 비를 맞으면 명자나무처럼 말 다리도 펴진다는 지로의 생각을 억지로 바꾸고 싶지 않았습니다.

"알았어. 밖에 내줄게."

누나는 지로가 만든 절름발이 말을 이층 지붕 위에 올려놓았습니다.

투두둑 금세 비가 쏟아졌습니다. 장대비가 툇마루에 있던 명자나무를 때리자 붉은 꽃잎이 우수수 떨어집니다. 종이 말을 내놓은 이층 지붕 위에도 비가 내렸습니다. 푸른 종이 말은 비에 젖어 흐물흐물해져 갔습니다.

비는 밤새 계속 내렸습니다. 날이 밝자 지로는 가장 먼저 일어나 명자나무 화분에 가서 싹이 났는지를 확인했습니다. 꺾인 자리는 하얗게 바뀐 채 어제 그대로 있었습니다.

'명자나무가 아직 싹을 안 틔웠네. 내 말은 다리가 펴졌을까?'

재빨리 이층 창가에 가봤지만 키가 작아 지붕 위가 보이지 않습니다.

"누나, 내 말 다리가 어떻게 됐는지 볼래."

지로는 누나에게 안겨 창밖을 보려 했습니다.

누나가 창가에 다가갔습니다. 푸른 말은 비에 젖어 원래 푸른 색인지도 모를 만큼 지저분하게 뭉개져 있었습니다. 누나는 그 모습을 지로에게 보여주고 싶지 않았습니다.

"지로, 말이 지금 비에 젖어 코하고 있어. 다리는 막 펴지기 시작했네."

"어디, 나도 좀 보여줘……."

지로가 제자리에서 발돋움을 했습니다.

"아니, 지금은 보지 않는 게 좋겠어. 말이 보여주고 싶지 않대."

지로는 할 수 없이 조금 더 기다리기로 했습니다. 그날 오후부터 비가 그치고 하늘이 맑게 개었습니다. 바람이 살랑살랑 푸른 나뭇잎을 타고 불어옵니다. 정말 상쾌한 날씨였습니다.

"누나, 내 말은?"

지로가 누나를 또 졸랐습니다.

누나가 이층에 올라가자 바로 뒤에 지로가 따라갔습니다. 창밖을 내다보니 푸른 종이 말은 어느새 다 말랐는지 바람에 날아가 저쪽 지붕 홈통에 걸려 있습니다.

"누나, 어떻게 됐어?"

궁금해하는 동생에게 누나는 사실을 알려줄 수 없었습니다.

"지로, 말이 다리가 다 낳아서 저쪽으로 씩씩하게 달려갔어."

지로는 땀을 뻘뻘 흘리며 맨 끝에서 절뚝절뚝 걷던 말을 떠올렸습니다. 그러면서 바람을 가르고 쏜살같이 달려가는 멋진 말도 떠올렸습니다.

절름발이 말이 힘차게 달려갔다는 말을 듣고 지로는 신나서 펄쩍펄쩍 뛰었습니다. 비를 맞고 말의 다리가 펴졌다고 지로는 진짜로 믿었습니다(이 소년도 자라면 모든 걸 알게 되겠죠).

그윽한 달밤이었습니다. 새하얗게 꽃이 핀 살구나무 아래서 지로는 푸른 말이 달빛을 받으며 저 멀리 걸어가는 모습을 똑똑히 봤습니다. 누나에게 그 이야기를 들려주자, 누나는 그때만은 웃지 않고 눈물을 흘렸습니다.

* 1922. 5.

카라멜 천사

구름 한 점 없는 파란 하늘 아래 우뚝우뚝 선 공장 굴뚝이 시커먼 연기를 내뿜습니다. 공장에서는 한참 카라멜을 만드는 중입니다.

다 만든 카라멜은 작은 상자에 넣어 산골, 시골, 도시를 비롯해 곳곳으로 보냅니다.

이제 곧 나갈 화물 짐차 위에 카라멜 상자가 수북이 쌓여 있습니다. 공장에서 나와 구불거리는 긴 도로를 덜컹덜컹 달려 정류장으로 옮긴 뒤, 그곳에서 다시 먼 시골로 보낼 겁니다.

카라멜 상자에는 귀여운 천사가 그려져 있습니다. 이 천사의 운명은 정말 가지각색입니다. 어떤 천사는 다른 종이 쓰레기하고 함께 찢어져 휴지통 안으로 들어가고, 또 어떤 천사는 난롯불 안에 던져집니다. 때로는 마구 구겨진 채 진흙탕 위에서 뒹굴기도 합니다. 이러니저러니 해도 아이들은 상자 안에 들어있는 카라멜만 먹으면 그만일 뿐, 빈 상자 따위는 이제 볼 일이 없기 때문입니다. 이렇게 진흙탕 속에 뒹굴던 천사는 그 위를 지나가는 짐차에 깔려 마침내 인생을 마감합니다,

그렇지만 천사기 때문에 찌그러지고 불에 타고 차에 깔려도 피를 흘리거나 고통을 느끼지 않습니다. 이 지상에 있는 동안에만 재미있고 슬픈 일이 있을 뿐, 마지막에 천사의 영혼은 모두 푸른 하늘로 날아갑니다.

지금 덜컹거리는 차를 타고 정류장을 향해 구불거리는 긴 도로를 달려가는 천사는 맑게 갠 새파란 하늘, 나무 숲, 높고 낮은 건물들이 빽빽이 들어선 풍경을 바라보며 나지막이 중얼거렸습니다.

"검은 연기가 올라가는 저 건물은 카라멜 공장이네. 와, 멋지다. 멀리 바다가 보이고, 저쪽은 화려한 도시야. 에이, 어차피 갈 거면 저기로 가지. 재미있고 신나는 일이 틀림없이 많을 텐데. 지금 정류장 쪽으로 가는 것 보니 기차 타고 먼 곳으로 갈 게 뻔하네. 그럼 이 도시는 두 번 다시 못 오겠다. 휴, 이 풍경도 이제 마지막이네."

천사는 시끌벅적한 도시를 두고 정처 없이 먼 곳으로 가게 돼 못내 서운했습니다. 그렇지만 또 한편으로는 어떤 곳에 가는 걸까 생각하니 가슴이 두근거리기도 했습니다.

그날 낮쯤 카라멜은 흔들리는 기차를 탔습니다. 천사는 깜깜한 상자 안에 있어서 어디를 지나는지 알 수 없었습니다.

기차는 들판을 지나 언덕 아래와 동구 밖과 큰 강을 가로지르는 철교를 건너 동북쪽으로 거침없이 달려갔습니다.

저녁 무렵에야 어느 쓸쓸하고 조그만 역에 도착했습니다. 그곳에서 누군가 카라멜을 끌어내리자, 기차는 다시 바람이 부는 어두운 들판 쪽으로 칙칙폭폭 연기를 뿜으며 떠나버렸습니다.

카라멜 천사는 기댈 데 없이 불안하기도 하고, 미지의 세계가 펼쳐질 듯해 신나기도 했습니다. 카라멜 몇 백 개가 든 대형 상자가 어느 마을에 있는 과자 가게로 들어갔습니다.

하늘이 흐린 탓도 있지만 해가 지고 나서는 거리를 다니는 사람이 하나도 없습니다. '이런 한적한 마을에서 꼼짝 않고 지내면 온몸이 근질거리겠다. 앞으로 오랜 시간을 여기서 지낼지도 몰라. 아, 그럼 엄청 답답하고 지루할 텐데.' 천사는 두리번거리며 마을을 쳐다봤습니다.

카라멜 상자에 그려진 많은 천사들은 서로 다른 공상에 빠져 있습니다. 푸른 하늘에 하루라도 빨리 올라가고 싶어하는 천사도 있지만, 자기 운명을 마지막까지 지켜보고 싶어하는 천사도 있습니다. 시골 역에 막 도착한 우리의 천사도 그런 천사들 중 하나입니다.

어느 날 젊은 남자가 짐차를 끌고 과자 가게 앞으로 왔습니다. 남자는 카라멜 서른 개 정도하고 다른 과자들을 차에 차곡차곡 실었습니다.

또 어디로 가는 거지? 대체 어디까지 가는 걸까? 아무래도 한적한 시골길인 듯 천사는 또다시 어두운 짐칸에서 자갈길 위로 덜커덩덜커덩 춤을 추며 달리는 차 소리밖에 들을 수 없었습니다.

짐차를 끌고 가는 남자가 아는 사람을 만난 모양입니다.

"날씨가 좋네요."

"점점 화창해지는군요."

"이 날씨에 눈이 다 녹으려나."

"어디까지 가세요?"

"저쪽 마을에 과자를 팔러 갑니다. 올해 들어 처음으로 도쿄에서 물건이 왔거든요."

두 사람의 대화를 듣고 카라멜 천사는 이 동네는 아직 논과 밭 군데군데 눈이 남아 있다는 사실을 알았습니다.

마을 나무숲에서 작은 새가 이 가지에서 저 가지로 날아다니며 호로록호로록 지저귑니다. 아이들 노는 소리가 들려옵니다. 그 사이에 덜커덩 차가 섰습니다.

'드디어 마을에 도착했구나.'

곧이어 짐차 덮개가 열리고, 남자는 카라멜을 꺼내 마을 구멍가게 앞에 털썩 내려놓았습니다. 그 옆에 다른 과자들도 차례대로 쭉 늘어놓았습니다.

구멍가게 아주머니는 카라멜을 손에 집어 들면서 말했습니다.

"이건 전부 10전 짜리네. 5전 짜리 없어요? 이 동네에서는 10전 짜리는 거의 안 팔리는데."

"10전 짜리밖에 없어요. 그럼 한 서너 개 정도 놓고 갈까요?"

차를 끌고 온 젊은 남자가 대꾸했습니다.

"그럼 세 개만 놓고 가요."

카라멜은 달랑 세 개만 구멍가게에 남았습니다. 구멍가게 주인은 커다란 유리병에 카라멜을 넣어 밖에서 잘 보이게 놓았습니다.

젊은 남자는 차를 몰고 돌아갔습니다. 짐차는 남은 과자를 싣고 덜컹거리며 또 다른 마을로 돌아다닐 겁니다. 한 공장에서 만든 카라멜은 같은 기차를 타고 어느덧 여기까지 운명을 함께했지만 이제부터는 서로 갈 길로 가야 합니다. 이 세상에서는 천사들이 얼굴을 마주할 일이 더는 없을 겁니다. 나중에 푸른 하늘에 올라가 지상에서 겪은 일을 이야기하는 수밖에.

유리병 속에서 천사는 집 앞으로 흘러가는 작은 시내를 봤습니다. 햇빛이 물위에서 반짝반짝 부서집니다. 물끄러미 바깥 풍경을 바라보는 사이에 벌써 해가 져버렸습니다. 시골의 밤은 아직 차갑고 쓸쓸합니다. 그러나 날이 밝으면 늘 그렇듯 작은 새가 나무숲에서 호로록호로록 지저귑니다. 눈부시게 맑은 날들이었습니다. 저 너머 산에는 안개가 어슴푸레 끼어 있습니다. 아이들은 오늘도 구멍가게 앞에서 놀았습니다. 카라멜 천사는 아이들이 카라멜을 사서 저 작은 시내에 자기를 띄워주면 물살을 타고 안개 낀 먼 산골짜기 사이사이로 흘러갈 텐데 하고 상상했습니다.

그러나 언젠가 구멍가게 아주머니가 말한 대로 이 동네 아이들은 10전짜리 카라멜을 살 수 없습니다.

여름이 되자 제비가 날아왔습니다. 시냇물에 고개를 까딱까딱 움직이는 앙증맞은 모습이 비쳤습니다. 볕이 한창 내리쬐는 오후에 나그네가 가게 앞에 와서 잠시 쉬었습니다. 그리고 여러 마을을 다니면서 들은 이야기들을 늘어놓았습니다. 그렇지만 그사이에도 카라멜은 팔리지 않았습니다. 그래서 천사는 하늘로 올라갈 수도 다른 곳으로 여행을 떠날 수도 없었습니다. 시간이 지날수록 유리병에는 때가 끼고 먼지가 켜켜이 쌓였습니다. 카라멜 천사는 우울한 날들을 보냈습니다.

바람이 제법 싸늘해졌습니다. 겨울이 되자 눈송이가 나풀나풀 날립니다. 천사는 시골 생활에 싫증이 났습니다. 탁한 유리병 바깥을 쳐다보는 일 말고는 할 수 있는 일이 아무것도 없었습니다. 그러던 어느 날, 이 가게에 온 지 딱 일 년째 되는 날이었습니다.

구멍가게 앞에 할머니가 서 있었습니다.

"우리 손주한테 뭘 보내주고 싶은데, 좋은 거 있수?"

"어르신, 여기에는 고급 과자는 없어요. 카라멜은 있는데, 어떠세요?"

구멍가게 아주머니가 대답했습니다.

"한번 보여주시구랴."

검은 두건을 쓴 할머니가 지팡이를 짚고 서서 말했습니다.

"손주가 어디 사는데요?"

"도쿄에 사는데, 떡을 보내는 김에 과자도 몇 개 보내려구요."

"그런데 어르신, 이 카라멜은 도쿄에서 온 거에요."

"뭐, 상관없어요. 내 마음의 표시니까. 그 카라멜 주시구랴."

할머니는 카라멜 세 개를 사 갔습니다.

천사는 뜻하지 않게 다시 도쿄로 돌아갈 수 있어 뛸듯이 기뻤습니다.

다음 날 밤에는 이미 시커먼 화물 열차를 타고 언젠가 지나온 선로 위로 덜컹덜컹 내달리고 있었습니다.

이튿날 해가 완전히 뜬 뒤 도시의 어느 역에 기차가 도착했습니다. 그날 정오가 조금 지나 작은 꾸러미는 무사히 받는 사람에게 배달됐습니다.

"시골에서 소포가 왔어요."

아이들은 큰 소리를 지르며 펄쩍펄쩍 뛰었습니다.

"뭐가 왔을까. 묵직한 게 떡인 것 같은데?"

어머니는 소포 매듭을 끌러 꾸러미를 열었습니다. 정말 그 안에는 시골에서 할머니가 손수 만들어 보낸 떡이 들어 있었습니다. 카라멜 세 개도 같이 있었습니다.

"어머, 할머니가 너희들 주려고 일부러 사서 보내셨나 보다."

어머니는 아이들에게 카라멜을 하나씩 나눠줬습니다.

"뭐야, 카라멜이잖아."

그러면서도 아이들은 뭐가 그리 신나는지 까르르 웃으며 캐러 맬을 하나씩 손에 들고 집밖으로 놀러갔습니다.

아직 쌀쌀한 이른 봄 해질녘입니다. 길에서는 아이들이 술래잡기를 하며 놀고 있습니다. 세 아이는 카라멜을 하나씩 꺼내 먹다가 졸졸거리며 따라오는 바둑이에게 하나 던져줬습니다. 한 아이가 어느 새 다 먹고 텅 빈 카라멜 상자를 하수구에 버렸습니다. 다른 아이는 꾸깃꾸깃 구겨버립니다. 나머지 아이는 빈 상자를 바둑이에게 던졌습니다. 바둑이는 상자를 입에 물고 이리저리 뛰어다녔습니다.

푸른 하늘이 그리움을 담아 포근하게 빛납니다. 봄꽃들이 피기에는 아직 이르지만, 어디선가 벌써 매화 향기가 풍겨왔습니다. 이 조용한 저녁, 세 천사는 푸른 하늘로 올라갔습니다.

문득 생각난 듯 그중 한 천사가 먼 도시 저편 하늘을 바라봤

습니다. 많은 굴뚝에서 시커먼 연기가 올라와 옛날 자기들이 태어
난 공장이 어디인지 분간할 수 없었습니다. 다만 아름다운 등불이
안개 속에서 드문드문 희미하게 반짝였습니다.

　검푸른 하늘은 높이 올라갈수록 밝아졌습니다. 천사들이 가는
길에 별들이 총총 박혀 깜빡거립니다.

＊1923. 3.

행복하게 산 두 사람

세상 사람들이 잘 모르는 태평양의 한 섬, 그곳에 사는 원주민들이 난파선에서 구조돼 어느 항구에 도착한 때 벌어진 일입니다.

원주민 둘은 모래밭에 웅크리고 앉아 주위 풍경을 정신없이 바라봤습니다. 개발이 꽤 많이 된 번화한 항구 도시여서 그런지 화려한 차림으로 다니는 사람들이 많았습니다. 멋들어진 건물도 보이고, 저 멀리 굴뚝에서는 검은 연기가 피어올라 구름 틈새로 너울너울 흩어졌습니다.

눈앞에 보이는 온갖 광경, 귀를 어지럽히는 소리, 무엇 하나 놀랍지 않은 게 없었습니다. 두 사람은 저쪽 3층짜리 하얀 집을 처음 볼 때는 뭔지도 몰랐습니다. 그러나 근처 집집마다 자기들하고 다르게 생긴 사람이 창문으로 고개를 내밀어 쳐다보거나 그 안에서 이리저리 움직이는 모습을 보며, 원주민들은 저 아름다운 곳에는 우리보다 더 힘세고 뛰어난 자들이 살고 있다고 상상했습니다. 이런 아름다운 도시가 어떻게 생겨났는지, 누가 지상에 이렇게 멋진 여러 가지 것들을 만들었는지 따위는 생각할 수도 없었습니다.

고향 땅처럼 내리쬐는 햇빛이 따갑지는 않았습니다. 그런 탓인지 꿈을 꾸는 듯한 몽롱한 기분이 됐습니다. 두 사람은 무서운 태풍이 몰아치던 밤, 성난 파도에 시달려 깜깜한 바다에 떠 있던 일, 아침이 되자 눈앞에 펼쳐진 망망대해, 그 푸르디푸른 바다 위를 며칠씩이나 헤매던 일, 그러다 결국 듣도 보도 못한 배로 구조된 일하며 지금 어디인지도 모르는 항구에 와서 모래벌판에 웅크린 채 햇볕을 쬐고 있다는 사실조차 머리에 떠올리지 못하고 그저 멍하니 주변 풍경을 바라봤습니다.

거리를 오가는 사람들은 가까이 다가와 신기한 구경거리를 보듯 웃으며 지나가거나 잠시 멈춰서 있다가 가기도 했습니다.

같은 사람이라는 사실은 알겠는데 피부색도 생김새도 다르고, 말도 전혀 통하지 않습니다. 모여든 사람들은 서로 마주보며 별 신기한 구경을 다 하는구나 생각했습니다.

주위에 사람들이 몰려오자 두 흑인은 몹시 두려웠습니다.

'이런 훌륭한 마을을 만들 수 있는 사람들이라면 얼마나 힘이 셀까? 게다가 뭐든 못하는 게 없을 테니, 우리 목숨은 저 사람들에게 달렸어.'

흑인을 구경하는 사람들은 입 밖에 내지는 않았지만 속으로 생각했습니다.

'정말 무섭게 생긴 야만인이다. 식인종도 있다는데, 설마 이 사

람들은 아니겠지!'

뜨거운 태양 가까이 남쪽 들판에서 자란 야자수는 여기보다 튼튼하고, 잎이 짙으며, 드높고 울창하게 뻗어 있습니다. 두 사람은 이곳 항구 가까운 곳에서도 군데군데 시커먼 그림자를 드리운 채 햇빛을 받고 서 있는 야자수를 봤습니다.

그 야자수를 보고 두 사람은 얼마나 반가웠을까요.

'아무리 생각해도 꿈이 아니었어. 죽은 다음에 가는 천국도 아니었고, 이 세상 풍경이다.'

이런 생각에 안도하면서도 한편으로는 멀리 떨어져 있는 고향을 떠올리지 않을 수 없었습니다. 이때 어느 날 바다에 나가 태풍에 휩쓸린 기억이 되살아났습니다.

'우리 고향은 어디쯤일까……'

두 사람은 서로 약속이라도 한 듯 사방을 두리번거리며 눈물을 글썽였습니다.

그늘이 지면서 하늘이 어두컴컴해지자 주위에 몰려든 사람들이 슬슬 흩어졌습니다.

바로 그때 지팡이를 짚고 오던 노인이 품에서 지갑을 꺼내 두 사람 앞에 은화 한 닢을 던졌습니다.

은화는 모래 위에서 반짝반짝 빛을 뿜었습니다. 원주민들의 고향에는 화폐가 없었습니다. 노인이 던진 물건을 어디에 쓰는지는 모르지만, 두 사람은 반짝거리는 빛에 반했습니다. 두 사람 중 나이가 더 많은 쪽이 새까맣게 털이 난 팔을 쑥 뻗어 작은 새를 사로잡듯 손톱이 길게 자란 검은 손으로 은화를 잽싸게 낚아챘습니다.

두 사람에게 은혜를 베푼 사람은 그 노인밖에 없었습니다. 생김새가 너무 달라서 도시 사람들은 동정심도 일지 않는 모양이었습니다.

곧 뱃사람이 와서, 며칠 만에 뭍에 올라와 비로소 모래밭에 웅크리고 앉아 있던 둘을 저쪽으로 데려갔습니다. 두 사람은 그저 도시 풍경을 바라볼 뿐이었습니다. 다시 항해가 시작됐습니다. 배는 끝없이 남쪽으로, 남쪽으로 흘러갔습니다.

둘은 고향에서도 형제처럼 지냈지만 폭풍을 만나 함께 죽을 고비를 넘긴 뒤부터는 사이가 더욱 가까워졌습니다. 배 안에서도 둘은 이마를 맞댄 채 노인이 준 은화를 손바닥 위에 서로 번갈아 올려놓고 소곤거렸습니다.

"이건 우리 친구야."

은화에는 위대한 사람의 얼굴이 그려져 있습니다. 두 사람은 그 물건이 화폐고, 똑같이 생긴 물건이 세상에 셀 수 없을 정도로 많으며, 세계 문명이 널리 보급된 여러 나라에서 유통되고 있다는 사실을 알지 못했습니다. 그래서 어디에 쓰는 물건인지 궁금했습니다. 말이 통하지 않으니 뱃사람들에게 물어볼 수도 없는 노릇이었습니다.

"뛰어난 사람이 가슴에 달고 다니는 물건 아닐까?"

나이가 많은 코우가 말했습니다.

"그래, 틀림없어."

좀더 어린 오츠가 고개를 끄덕였습니다. 코우가 말했습니다.

"그 영감님 흰 수염을 길렀던데, 틀림없이 훌륭한 사람이겠지?"

"그래그래, 그 사람이 틀림없이 그 섬의 우두머리일 거야. 우리가 난파당해서 살아남았다고 상을 준 건지도 모르지."

오츠는 대답했습니다.

두 사람은 그런 물건을 들고 고향에 돌아가는 자기들이 진심으로 자랑스럽고 행복했습니다. 그 뒤에도 여러 일들이 있었지만, 아무튼 두 사람은 결국 고향 섬에 무사히 도착했습니다.

부족에는 우두머리라고 부를 수 있는 강한 사람이 몇몇 있는데, 모두 두 사람보다 나이가 많았습니다. 그 사람들 집에는 하나같이 해골이 많이 늘어서 있습니다. 무기를 들고 싸워야 할 때나 말이 통하지 않아 힘으로 정해야 할 때 쓰러뜨린 상대의 머리였습니다. 원주민들은 해골을 많이 갖고 있을수록 그 사람을 더 두려워하고 존경했습니다.

두 사람이 돌아오자 사람들 모두 얼마나 놀랐는지 모릅니다. 난파당해 이미 죽은 줄 알았는데, 시간도 많이 흘러 이젠 끝이라고 포기했는데, 둘 다 살아 돌아오다니. 모두 믿을 수 없는 기적이었습니다.

"너희들, 유령 아니야?"

원주민들이 두 사람을 에워쌌습니다. 두 사람의 모습은 처음 섬을 떠날 때하고는 사뭇 달랐습니다. 손과 발과 얼굴에 털이 덥수룩하게 자라난데다 못 알아볼 정도로 야위어 있었습니다.

"유령은 무슨 유령이에요? 우리는 여러분의 얼굴을 다 기억하고 있다고요."

두 사람은 누구라고 할 것 없이 눈에 보이는 대로 이름을 부르고는 반가운 나머지 서로 얼싸안았습니다.

그때부터 그 험한 태풍에 어떻게 살아남았는지, 어떻게 다시 돌아왔는지 너도나도 물어댔습니다. 두 사람은 배가 뒤집히던 그 대단하고 무서운 밤을, 또 구조되고 나서 가본 어느 항구의 풍경과 이루 말할 수 없이 아름답고 신기한 세계를 이야기했습니다. 코우는 은화를 높이 쳐들었습니다.

"그 나라 왕이 우리에게 반짝반짝 빛나는 물건을 줬다. 이것만 갖고 있으면 어디든 갈 수 있다고 했어. 아주 고마운 물건이다."

"거기 그려진 무서운 사람이 그 왕이야?"

은화에 햇빛이 반사돼 눈부시게 빛났습니다. 다들 그 빛이 두려운 듯 눈을 동그랗게 뜨고 뒷걸음질쳤습니다.

"아주 훌륭한 걸 가져왔어. 이제껏 이렇게 빛나는 물건은 본 적이 없다."

사람들은 저마다 손에 죽창이나 칼 같은 무기를 들고 있었습니다. 가끔 바닷가에 떠밀려오는 난파선에 붙어 있던 쇠붙이 따위로 칼을 만들었습니다. 그러나 저렇게 빛나는 쇠붙이는 아직 본 적이 없습니다.

다들 신기한 물건을 한번 만져보자고 아우성치는데, 가장 교활하고 간사한 사람 하나가 혼자 좀 떨어진 자리에서 사람들을 비웃는 눈으로 노려봤습니다.

'저 빛나는 물건은 언젠가 내 차지가 된다. 멍청한 자식들.' 그 눈빛은 이렇게 말하고 있었습니다.

반짝거리는 신기한 물건이 마을에 나타나자 사람들 마음에는 모두 그 물건을 갖고 싶다는 욕심이 싹텄습니다.

'사람 해골보다 반짝거리는 물건에 그려진 머리가 훨씬 좋아. 저걸 가슴에 매달고 다녀야 가장 위대한 사람이 된다.'

이런 생각이 사람들 머릿속에서 떠나지 않았습니다. 모든 사람의 마음속에 지금보다 욕심이 하나 더 늘어났습니다. 다들 빛나는 은화 때문에 언젠가 싸움이 날지도 모른다고 생각했습니다.

"정말 언제 이 빛나는 물건을 훔쳐갈지 몰라. 정신 똑바로 차려야 해."

코우와 오츠는 그렇게 서로 말하고 빛나는 물건을 소중히 지켰습니다.

두 사람은 아무도 없을 때 은화를 꺼내 바라봤습니다. 그러자 눈앞에 아득히 먼 항구 도시와 하늘, 언덕과 나무숲 그림자가 생생히 떠올랐습니다. 이제 두 번 다시 볼 수 없는 머나먼 이국의 풍경입니다. 지팡이를 짚고 온 노인이 둘 앞에 빛나는 물건을 던져주고 간 게 마치 어제 일인 듯했습니다. 두 사람은 멍하니 추억에 잠겼습니다. 마음은 벌써 푸르디푸른 바다 건너 저 멀리 날아가고 있었습니다.

"이건 우리 목숨보다 소중해."

두 사람은 마음을 단단히 다잡았습니다.

마을에 또 한 사람 강한 남자가 있습니다. 그 남자는 아름다운 딸이 있습니다. 어느 날 그 강한 남자가 코우를 찾아왔습니다.

"내 딸을 너한테 줄 테니 언젠가 본 반짝거리는 물건을 나한테 주지 않겠냐?"

코우는 망설였습니다. 그 남자의 딸은 대단한 미인이라는 소문이 나 있었습니다. 코우는 바로 대답하지 못하고 좀 생각해보겠다고 했습니다. 그리고 혼자 조용히 아름다운 여인의 모습을 떠올려봤습니다. 사랑스러운 입매와 하얀 치아, 반짝이는 눈빛은 아끼는 금속에서 뿜어져 나오는 빛보다 더 부드럽고 촉촉합니다. 그 여자를 아내로 삼을 수 있다면 소중한 물건을 줘도 상관없다는 기분이 들었습니다. 그래서 오츠에게 물었습니다.

오츠는 눈물을 글썽였습니다.

"그 어둡고 무서운 밤을 잊었어? 우리가 어떻게 살아났는데. 죽을 고비를 넘기고 그 항구에 갔다가 이렇게 다시 돌아왔어. 그렇게 함께 고생해서 여기까지 왔는데, 너는 네 행복만 생각해 우리의 소중한 추억을 버리겠다는 거야?"

코우는 자기 잘못을 깨닫고 바로 오츠에게 사과했습니다. 그 뒤 둘은 변함없이 사이좋게 지냈습니다.

교활하고 간사한 남자는 많은 부하를 거느리고 있었습니다. 남자는 둘을 죽이고 어떻게든 빛나는 물건을 뺏을 작정이었습니다. 그 남자가 음모를 꾸미고 있다는 소문이 두 사람 귀에도 들어갔습니다. 한시라도 빨리 안전한 곳으로 도망가야 했습니다.

어느 날 밤 아무도 몰래 마을을 빠져나온 두 사람은 골짜기를 타고 산을 넘어 파도가 높게 밀려오는 바닷가까지 갔습니다.

"여기까지 왔으니 이제 안심이다. 좀 쉬면서 앞일을 생각하자."

코우가 말했습니다.

"어디에 가야 마음놓고 즐겁게 살 수 있을까?"

오츠가 말했습니다.

그날 밤은 유난히 하늘이 맑았습니다. 바다를 온통 뒤덮은 하늘에 별들이 반짝입니다.

모래 위에 드러누워 하늘을 올려다보던 코우가 갑자기 몸을 일으켰습니다.

"저렇게 아름다운 별이 밤마다 빛나는 줄 몰랐어. 저 별을 보고 있으면 그 항구, 할아버지, 하얀 집, 우리가 탄 배까지 모두 떠올릴 수 있지 않아?"

옆에서 잠자코 누워 있던 오츠도 고개를 끄덕였습니다.

"너, 그 빛나는 물건 어떻게 했어? 그거 그냥 바다에 던져버려라. 그럼 그 물건도 틀림없이 누구 손에도 닿지 않는 하늘에 올라가 별이 될 테니까……."

코우는 은화를 꺼내 바다 멀리 힘껏 던졌습니다.

바다가 한층 더 환해지는 듯했습니다. 마을은 다시 예전처럼 평화로운 시절로 돌아갔습니다.

*1922. 10.

신천옹 우는 날

젊은이는 어릴 때부터 부모 곁을 떠나 살았습니다. 발길 닿는 대로 돌아다니는 떠돌이 신세라 벌써 몇 해째 고향에 돌아가지 못했습니다. 가끔 고향을 떠올리며 아련한 향수에 젖을 때도 있지만, 그날 그날 먹고살기 바빠서 좀처럼 발걸음을 뗄 수 없었습니다.

열일고여덟 살 무렵에 젊은이는 남쪽 지방에 있는 어느 공장에서 일했습니다. 그러나 모든 사람이 언제나 건강하고 행복하게 살 수는 없는 모양입니다. 어느 날 이 젊은이도 병에 걸렸습니다.

몸이 불편해 일을 잘하지 못하게 되자 공장에서는 젊은이를 탐탁지 않아 했습니다. 젊은이는 결국 공장에서 쫓겨났습니다.

딱히 기댈 데가 없는 젊은이는 스스로 일자리를 찾아야 했습니다. 그때부터 쭉 정처 없이 이 마을 저 마을을 헤매며 일자리를 구하러 다녔습니다.

노을이 발그스름하게 물든 저녁 무렵, 젊은이는 지친 발걸음을 재촉하며 어느 마을에 들어섰습니다. 그때 저만치에 모여 서 있는 사람들이 눈에 들어왔습니다.

무슨 일일까 궁금해진 젊은이는 가까이 가봤습니다. 지저분한 소년이 사람들에게 둘러싸여 있었습니다.

"야, 빨간 새를 불러 봐."

한 사람이 말하자, 다른 사람도 소리쳤습니다.

"꼬마야, 흰 새를 불러보라고!"

지저분한 아이는 말없이 서 있었습니다.

"어떤 새라도 부를 수 있다더니, 쬐끄만 게 거짓말이나 실실 하고. 네까짓 놈이 어떻게 그런 걸 할 수 있다는 거냐!"

사람들은 저마다 한마디씩 하며 낄낄거렸습니다.

덥수룩하게 자라난 머리칼, 시커먼 얼굴, 퀭한 눈을 한 아이는 모여 있는 사람들의 얼굴을 유심히 쳐다봤습니다.

"거짓말 아니에요. 산에 가서 다른 사람들이 할 수 없는 재주를 익혔어요. 정말 빨간 새를 보고 싶으면, 부디 오늘 밤 제가 여기서 묵을 수 있는 돈을 주세요. 그럼 새를 바로 부를게요."

그때 무리 속에서 술에 취한 남자가 소리를 질렀습니다.

"야, 해봐! 네가 진짜 새를 불러내면 달라는 대로 얼마든지 돈을 줄 테니까."

아이는 고개를 끄덕이고 하늘을 우러러봤습니다. 구름이 조각조각 드높게 떠서 흘러갑니다. 해가 완전히 지려면 아직 여유가 있습니다.

갑자기 아이 입술에서 휘파람 소리가 날카롭게 울려 퍼졌습니다. 아이가 손가락을 구부려 입에 대자 숨을 내쉬는 내내 경쾌한 소리가 터져 나왔습니다.

이때 붉게 물든 서쪽 하늘 저 먼 곳에서 마치 점처럼 작고 검은 그림자가 구름을 스치고 나타났습니다. 이윽고 검은 점이 커지면서 차츰 모습을 드러냈습니다. 사람들 머리 위까지 날아온 새는 저쪽 거리에 있는 건물 지붕 위에 앉았습니다.

저녁 햇빛 때문에 새의 붉은 깃털이 더욱 뚜렷해 보였습니다.

"보세요. 붉은 새가 날아왔죠?"

아이가 말했습니다.

"저렇게 멀리 있으면 빨간 건지 파란 건지 알 게 뭐야. 가까이 불러봐!"

술 취한 남자가 외쳤습니다.

아이는 다시 휘파람을 높게 불었습니다. 그러자 붉은 새가 사람들의 바로 머리 위까지 날아와 전봇대에 앉았습니다.

"어이, 저 새를 손으로 잡아봐."

무리 중 한 사람이 외쳤습니다.

"새를 잡을 수는 있지만, 오늘은 하지 않을래요."

"어째서?"

"붉은 새를 여기로 부르는 약속만 했으니까요."

"손으로 잡지 않으면 돈은 줄 수 없어."

"붉은 새를 부르는 게 약속이었잖아요."

사람들은 제멋대로 고함치며 아이 말을 안 들으려 했습니다.

"손으로 직접 잡지 않으면 돈은 없어."

술에 취한 남자도 말했습니다.

"돈은 필요 없어요. 그럼 대신에 오늘밤 마을에 검은 새를 불러 볼게요."

검은 새라는 말은 왠지 불길하게 들렸습니다. 그렇지만 아무도 아이가 한 말을 진짜로 믿지는 않았습니다. 다들 '어떻게 네가 그런 일을 할 수 있겠니, 붉은 새는 어쩌다 보니 날아왔을 뿐이야' 하는 표정으로 지저분한 아이를 지켜봤습니다.

어떤 사람이 돌멩이를 주워 전봇대 꼭대기에 앉아 있는 붉은 새에게 던졌습니다. 새는 놀란 듯 푸드득거리며 구름을 헤치고 방금 날아온 쪽으로 다시 날아갔습니다.

아이는 힘없이 돌아섰습니다. 그 뒷모습을 본 순간 젊은이는 사람들이 몹시 얄미워졌습니다. 주머니 사정은 여의치 않지만 손안에 남은 얼마 안 되는 돈을 꺼내 아이 손에 쥐여줬습니다. 아이는 활짝 웃으며 거듭 고개를 숙이고 나서, 결코 잊지 않겠다는 듯 젊은이의 얼굴을 가만히 올려다봤습니다.

그날 밤, 달이 높게 떠서 마을을 대낮같이 환하게 비출 때 어디선가 휘파람 소리가 울려 퍼졌습니다. 눈 깜짝할 사이에 검은 새떼가 달을 스치며 날아와 집집이 지붕마다 새까맣게 앉았습니다.

마을 사람들 모두 밖에 나와 검은 새를 봤습니다. 어디서 새떼가 이리 몰려왔을까 하고 여기저기서 수군거리며 고개를 갸웃거렸습니다.

그렇지만 오늘 저녁, 길거리 한복판에서 떠돌이 아이를 비웃던 사람들은 생각했습니다. 그 녀석이 사람들한테 속은 분풀이를 이런 식으로 한다고 말입니다. 검은 새가 무슨 새인지 아는 사람은 없었습니다. 까마귀보다는 좀 작습니다. 새들은 조용히 앉아 있다가 밤사이 다시 한 마리도 빠짐없이 어디론가 날아갔습니다. 마을 사람들은 나쁜 일이 생기지 않을까 불안했습니다. 어떤 사람들은 말했습니다.

"그 지저분한 비렁뱅이 새끼, 분명히 마귀 자식이야. 눈에 띄기만 해봐라. 아주 혼꾸멍을 내줄 테니. 우리 동네에 얼씬도 못하게 해야 돼."

며칠 뒤 일자리를 찾으러 돌아다니던 젊은이는 직공 차림을 한 사내가 그 지저분한 아이를 호되게 나무라는 모습을 봤습니다.

"너 어디서 굴러먹다 온 녀석이냐. 요즘 우리 동네가 얼마나 어수선한 줄 알아? 불이 나지를 않나, 여기저기서 뭘 훔쳐가지를 않나. 다들 휘파람 부는 놈이 수상하다던데, 네가 그 휘파람 부는 녀석 아냐? 우리 동네에서 빨리 꺼져. 대체 여기서 뭐하는 거야!"

남자는 눈을 부라리며 아이의 가슴께를 떠밀었습니다. 아이는 말없이 고개를 숙였습니다. 젊은이가 얼른 아이 옆으로 갔습니다.

"아이한테 무슨 짓입니까. 이 아이가 당신한테 무슨 해코지라도 했습니까? 휘파람 부는 게 뭐가 잘못됐다고 이러는 거예요?"

젊은이는 직공 차림을 한 사내에게 따졌습니다.

그 사내는 돌아서서 말했습니다.

"이 아이는 마귀 자식이오. 이놈이 마을에 오고 난 뒤로 안 좋은 일들만 생긴다고."

"그런 말도 안 되는 얘기가 어디 있어요? 터무니없잖아요."

직공 차림을 한 사내는 아무 대꾸 없이 가버렸습니다. 얼마 지나지 않아 험악하게 생긴 이들 대여섯이 우르르 몰려와 느닷없이 지저분한 아이를 후려갈겼습니다.

"네 놈이지? 휘파람을 불어 밤중에 검은 새를 부른 게, 불을 지른 것도 틀림없이 네 놈 짓일 테고. 여기저기 다니며 쥐새끼처럼 도둑질도 했지?"

사내들은 땅바닥에 쓰러진 아이에게 욕을 퍼부었습니다.

아이가 뭐라고 변명해도 사내들은 듣지 않고 계속 주먹질을 했습니다. 옆에서 젊은이가 보다 못해 사내들을 말렸습니다.

"때릴 필요 없잖아요. 휘파람으로 새를 부르는 일하고 불이 나거나 도둑 드는 일이 도대체 무슨 상관입니까? 어른 여럿이 어린 아이를 괴롭히다니 너무하잖아요."

사내들은 그래도 더욱 화를 내기만 했습니다.

"당신이 알 바 아니잖아. 오라, 이제 보니 당신도 저 쥐방울만 한 녀석이랑 한패구만. 어디서 건방지게 참견이야, 참견이. 같이 패버려."

사내들은 젊은이의 손과 발, 얼굴, 머리를 가리지 않고 마구 때렸습니다. 젊은이의 코에서 피가 흘러내렸습니다. 아이와 젊은이는 사내들에게 정신없이 두들겨 맞았습니다. 실컷 때리고 난 사내들은 으름장을 놓고는 가버렸습니다.

"당장 이 마을에서 꺼져. 우물쭈물하다 눈에 띄는 날에는, 그때는 진짜 가만 안 둬."

아이는 젊은이에게 두 차례나 도움을 받아 얼마나 고마운지 몰랐습니다. 자기를 도우려다 피까지 흘린 사실을 알고 아이는 그저 미안해하며 연거푸 고개를 숙였습니다.

"그렇게 인사하지 않아도 돼. 도리에 어긋나는 행동을 참지 못해 싸운 것뿐이니까."

젊은이와 아이는 이런저런 이야기를 하면서 터벅터벅 마을 밖으로 나갔습니다.

"이제부터 어디로 가세요?"

아이가 젊은이에게 물었습니다.

"공장에 다녔는데, 병이 나서 쫓겨났어. 정처 없이 날마다 이렇게 일자리를 구하러 다니는 중이야."

그러자 아이가 말했습니다.

"산에 있을 때 휘파람을 불어 여러 신기한 새 잡는 법을 익혔어요. 그중에서 한 마리 들고 큰 항구에 가서 부자들한테 팔면 그럭저럭 지낼 수 있거든요. 그런데 새를 진심으로 아끼는 사람이 별로 없어요. 새가 불쌍해서 요즘 그 일은 아예 접었어요. 그냥 외로울 때마다 새들을 불러내 혼자 새소리를 들어요. 저는 이제부터 서쪽으로 갈 거예요. 그쪽에 넓은 사과밭이 하나 있거든요. 가면 아마 일자리가 있을 거예요. 사과밭 주인하고 조금 알고 지내는 사이인데, 거기에 아저씨를 소개하고 싶어요. 그곳에서 아저씨하고 함께 일하면 좋겠어요. 함께 가지 않을래요?"

젊은이는 일자리를 구할 수 있다는 말에 빙그레 웃었습니다. 둘은 서쪽에 있는 사과밭을 찾아 함께 떠났습니다.

둘은 나무를 손질하고 사과를 키우며 함께 지냈습니다. 두 사람 말고도 많은 사람이 그곳에서 일했습니다. 젊은이는 금이나 은을 새겨 넣는 상감 기법과 도기나 여러 나무 상자에 나무나 사람을 그려 불에 굽는 기술을 배웠습니다.

사과밭에 밤낮으로 새들이 찾아왔습니다. 아이는 틈만 나면 휘파람을 불어 온갖 새들을 불러모았습니다. 젊은이는 사람이나 자연 풍경을 조각하고 인두그림을 그렸는데, 아이가 새의 습성을 자세히 가르쳐준 덕에 새를 가장 실감나게 표현할 수 있었습니다.

몇 해가 지나 어느덧 아이는 청년이 되고 젊은이는 나이 지긋한 아저씨가 됐습니다. 둘은 좀더 넓은 세상에 나가보고 싶어 마침내 사과밭을 떠나기로 했습니다.

"제가 지저분한 꼴로 거리를 헤맬 때 정말 큰 도움을 받았습니다. 아저씨는 몸을 아끼지 않고 저를 구해주셨어요."

청년이 아이 시절을 떠올리며 말했습니다.

"그렇군. 생각해보니 그것도 벌써 몇 해 전 일이야. 병이 나서 일자리도 못 구하고 있을 때 네 덕분에 사과밭에서 일할 수 있었어. 어느덧 여기서 보낸 세월도 꽤 되는구나. 여기 와서 여러 가지 기술을 배웠어. 이제는 발길 닿는 대로 다니며 좀더 많이 보고 배우고 싶어."

이제는 아저씨가 된 젊은이가 대답했습니다.

"이제 세상에 나가면 우리 둘 다 아름답고 기쁜 일만 있을 거에요. 저 때문에 아저씨가 불량배들한테 맞고 피 흘리던 모습을 평생 잊을 수 없어요."

"아니, 그때도 말했지만 결코 너 때문이 아니야. 꼭 네가 아니어도 약한 사람이 당하는 모습을 보면 참지 못하고 싸웠을 거야."

"다들 아저씨처럼 바르게 생각하면 이 세상이 얼마나 아름다울까요. 저는 이 이야기를 세상 모든 사람들에게 들려주고 싶어요. 작별 선물로 아저씨한테 귀한 새를 드리고 싶어요. 부디 잘 길러주세요. 그리고 저를 잊지 말아주세요."

말을 마친 청년은 휘파람을 익숙하게 불면서 산으로 들어갔습니다. 그리고 어디선가 귀한 새 한 마리를 들고 나타났습니다.

"무슨 새니?"

아저씨가 된 젊은이가 물었습니다.

"신천옹이에요. 이 새를 아저씨께 드릴게요."

청년이 된 아이가 대답했습니다.

두 사람은 헤어져 남쪽과 북쪽으로 떠났습니다.

그 뒤 몇 십 년이 흘렀습니다. 어느 마을에 새 한 마리하고 쓸쓸히, 이층에 방 한 칸을 빌려 사는 노인이 있었습니다.

노인의 머리는 절반쯤 하얗게 서리가 내렸습니다. 새도 나이가 제법 들었습니다. 남자는 새가 나오는 인두그림을 그리고 상감 기법을 쓰는 일에 능숙했습니다. 이층 방에서 종일 일만 했습니다. 작업대 앞에는 날개가 긴 새 한 마리가 죽은 듯이 서 있습니다. 주물로 만든 듯도 하고 박제처럼 보이기도 했습니다.

남자는 늦은 밤까지 장지문을 활짝 열어놓은 채 등불 밑에서 일하기도 했습니다. 여름에는 거의 문을 열어놓고 지내는 편이라 바깥에서도 방안이 환히 보였습니다.

이웃집 이층에는 이런저런 일을 두루두루 잘 아는 중학교 교사가 살았습니다. 그 사람은 동그란 안경을 끼고 고개를 내밀어 노인이 사는 방을 곧잘 들여다봤습니다.

턱수염을 기른 박식한 교사는 매우 소탈한 사람이었는데, 늘 이웃집 새를 궁금해했습니다. '뭘 박제한 거지? 이제껏 한 번도 본 적 없는 새인데.' 노인이 깐깐한 표정으로 일하고 있어서 말 붙이기가 어려웠지만, 하루는 느닷없이 물었습니다.

"그건 무슨 새를 박제한 건가요?"

코를 처박고 작업에 몰두하던 노인이 고개를 들었습니다. 묘하게 생긴 남자가 이웃집 지붕에서 이쪽을 보고 있습니다. 이웃을 알아보자 괴팍해 보이던 노인의 얼굴에 금세 웃음이 번집니다.

"이웃집 선생님 아니십니까. 거기서 그러지 말고 이리 오세요."

서로 말을 나눈 적은 없지만, 노인은 그 사람이 교사인 줄은 알고 있었습니다.

"무슨 새입니까? 신기하게 생겼네요."

들어올 생각은 없는 듯 교사는 제자리에서 다시 물었습니다.

"신천옹이라고 합니다."

"신천옹?"

못 들어본 이름이라 놀란 교사가 눈을 동그랗게 떴습니다.

"어쨌든 박제가 멋지네요."

이웃집 교사가 한숨을 내쉬었습니다.

"아니에요, 박제가 아닙니다. 살아 있어요. 뭐, 이 녀석도 나이가 들어 요새는 늘 이렇게 자고 있지만."

교사는 그런 신기한 일도 있냐는 듯 또다시 놀랐습니다. 워낙에 괴짜라서 사람들하고 어울리는 일을 그다지 좋아하지 않았지만, 그래도 이웃집 노인하고는 더러 이야기를 주고받는 사이가 됐습니다.

어느 날 아침, 신천옹이 울었습니다.

'무슨 일이지?'

노인이 고개를 갸웃했습니다. 그날 이웃집 교사가 찾아왔습니다. 교사는 소중히 다룰 테니 신천옹을 학교에 빌려달라고 정중히 부탁했습니다. 노인은 신천옹을 혼자 떼어놓기가 불안해 학교까지 같이 가자며 따라나섰습니다.

노인은 많은 학생들 앞에 서서 이야기를 했습니다. 옛날 남쪽 마을을 떠돌아다닐 때 몰매를 맞고 있던 아이를 도운 일, 그 뒤로 오랜 세월 아이하고 함께 사과밭에서 지낸 일, 세상의 모든 새를 다 친구로 삼을 수 있는 그 아이 이야기를, 또 청년이 된 그 아이가 헤어질 때 선물로 준 신천옹하고 지금까지 오랜 세월 가족처럼 살고 있다는 이야기를 담담하게 들려줬습니다.

노인이 학교에 다녀간 뒤로 마을에 정직한 '새 노인'이 산다는 소문이 났습니다. 노인이 그리는 새 인두그림과 상감 기법이 달인의 솜씨라는 평판이 온 동네에 쫙 퍼졌습니다.

깊은 밤, 여느 때처럼 노인은 등불 아래에서 한창 작업을 하고 있었습니다. 그런데 가만히 있던 신천옹이 갑자기 낯선 소리를 내며 푸드득푸드득 방안 여기저기를 뛰어다니기 시작했습니다. 지금까지 한 번도 못 본 일이었습니다.

"얘가 왜 이러지? 갑자기 정신이 나갔나!"

걱정하며 새를 지켜봐도 좀처럼 진정될 듯하지 않았습니다.

"선생님한테 물어봐야겠다."

노인은 요새 친해진 이웃집 교사를 불렀습니다.

"새는 사물에 예민하게 반응하니까 오늘밤 무슨 일이 생길지도 모르겠어요. 어쩌면 지진일지도……아무튼 조심해야겠습니다."

이웃집 교사는 흥분해서 계속 허둥대는 새를 바라봤습니다.

그날 밤 마을에 큰불이 났습니다. 마을은 거의 잿더미가 되고 사람들도 많이 다쳤습니다.

마을이 소란스러운 틈에 신천옹이 사라졌습니다. 노인은 얼마나 슬펐을까요. 불탄 자리에 서서 온종일 신천옹이 돌아오기를 기다렸지만, 새는 끝내 돌아오지 않았습니다. 연기에 휩싸여 죽거나 남쪽 고향으로 도망치거나 둘 중 하나겠죠.

"사실 저는 이 마을에 꼭 있어야 할 이유는 없습니다. 그래서 다시 한 번 새가 살던 곳으로 가보려고요."

노인이 교사에게 작별 인사를 했습니다.

"그러십니까. 그런데 저도 꼭 그곳에 가보고 싶습니다. 우리 둘이 함께 휘파람 달인을 따라다니며 귀한 새들을 연구하고 싶군요."

노인과 교사는 여행길에 나섰습니다. 하늘 멀리 흰 구름이 흘러갑니다. 다 같이 만나는 날, 세 사람은 어떤 이야기를 허물없이 주고받을까요.

* 1923. 9.

밝은 세계로

1. 어린 싹

어린 나무 싹이 흙을 뚫고 삐죽이 머리를 내밀었습니다. 겨우 두세 치 정도 될까요. 나무 싹은 비로소 넓은 들판을 바라봤습니다. 까마득히 높은 하늘에 떠가는 흰 구름도 보였습니다. 작은 새소리도 들려옵니다. 아, 이게 세상이라는 거야?

이 세상에 나오기를 얼마나 기다렸는지. 단단한 흙을 뚫고 나올 때는 똑같이 생긴 씨앗들이 다 같이 한 군데 모여 있었습니다. 그리고 어두운 흙속에서 모두 함께 이야기했습니다.

"빨리 밝은 세상으로 나가고 싶어. 우리 함께 나갈 수 있을까?"

씨앗 하나가 물었습니다.

"그건 어렵겠지. 누가 나갈지는 모르지만, 나머지는 여기서 썩어버릴걸. 그래도 밖으로 나간 씨앗은 죽은 친구들 몫까지 살아남아 울창해졌으면 좋겠어. 몇 십 년 아니 몇 백 년까지 씩씩하게, 빛나는 태양 아래서 눈부시게 말이야. 혹시 둘이든 셋이든 밝은 세계로 같이 나가면, 서로 기대어서 힘이 돼주자. 어때?"

다른 씨앗이 대답했습니다.

다들 그 말에 찬성했습니다. 씨앗들 모두 밝은 세상을 그리워하며 조용히 어둠 속에서 기다렸습니다. 그러나 함께 기다린 보람도 없이 오직 한 씨앗만이 흙을 뚫고 밖으로 나왔습니다.

밖에 나오기는 했지만 새싹은 보이는 것도 들리는 것도 죄다 위험하게만 느껴졌습니다.

'모든 친구의 희망까지 내 생명 안에 품고 나왔어.'

새싹은 끝없이 넓은 하늘을 향해 쭉쭉 가지를 뻗고, 무성한 잎사귀 하나하나가 햇빛을 받게 해야 한다고 다짐했습니다. 아주 먼 미래의 일이기는 하지만.

하늘에 떠가는 구름이 어린 싹을 맨 처음 봤습니다. 그렇지만 구름은 여느 때 말하기도 귀찮아할 만큼 소문난 게으름뱅이입니다. 흘끔 보고도 못 본 척, 말없이 어린 싹 머리 위로 느릿느릿 흘러갔습니다.

새싹은 새가 가장 무서웠습니다. 신경 조직에 새겨져 대대로 전해 내려오는 본능적 두려움 같은 느낌이었습니다. 노래할 때 맑은 목소리나 고운 맵시는 참으로 아름답지만, 싱싱한 새싹을 찾아내자마자 부리로 쿡쿡 찔러 먹어 치우니 말입니다. 그런 주제에 나무가 무럭무럭 자라나 제법 울창해지면 제멋대로 가지에 둥지를 틀고, 밤에는 그 안에서 잠까지 쿨쿨 주무십니다. 모든 일을 예감한 듯 새싹은 작은 새에게 자기 모습을 들키지 않으려고 되도록 돌이나 풀 그늘에 숨으려 했습니다.

그다음 수다스럽고 덜렁대는 바람이 새싹을 봤습니다.

"야아, 정말 괜찮은 새싹이네. 나중에 큰 나무가 되겠는걸. 너야 당연히 모르겠지만 이미 늙어 죽은 네 부모랑 우리는 이 들판에서 자주 씨름을 했어. 꽤 용감하게 싸웠지. 세상이 꽤 넓은 듯해도 정작 우리들 상대가 될 만한 녀석은 별로 없어. 거리에 우뚝 선 건물이나 사람이 만든 집, 둑, 전부 처음부터 죽은 거나 마찬가지라 내가 힘을 좀 써봐도 영 반응이 없거든. 애초에 싸움이라는 게 안 되니까 이쪽도 의욕이 안 생긴다는 말씀이지. 그런 점에서는 너네들 나무나 바다처럼 살아 있는 녀석이 좋아. 내가 부딪치러 가면 깍깍거리며 소리도 지르고 제법 맞서 싸우기도 하니까. 꼼짝 않고 있는 애들, 정말 마음에 안 들어. 뭐든 이리저리 뛰어다니고 싸우고 맞붙고 좀 그래야지. 그게 인생의 참맛 아니겠어."

땅 위에 나온 지 고작 며칠밖에 안 됐기 때문에 나무 싹은 눈이 부셔 뭘 제대로 볼 수도 없었습니다. 그런데 코앞에서 바람이 이렇게 큰소리로 떠들어대니, 어쩐지 겁도 나고 바람이 하는 말뜻을 알 듯도 모를 듯도 해 당황스러웠습니다.

"그런데 앞으로 큰 나무가 될 싹이라고는 하지만, 그전에 이리나 여우한테 밟히면 네 인생도 거기서 종치는 거야. 어엿한 나무가 돼보기도 전에 그냥 끝. 그러니 지금부터 몸을 굳세게 해야 한다 이 말씀이야."

우주의 유랑자 바람은 쉴 새 없이 떠들었습니다.

가여운 새싹은 바람이 하는 말을 어쨌든 감탄하며 듣고 있다
가 물었습니다.

"그럼 나는 어떻게 해야 강해질까요?"

바람은 더욱 비장한 말투로 새싹에게 말했습니다.

"이 몸이 도와주는 수밖에. 아직 어려서 가르쳐줘도 부를 수 없
겠지만, 머지않아 네가 크면 지금 알려주는 〈광야의 노래〉와 〈방랑
의 노래〉를 불러라."

무궁에서 무궁으로
가는 자 누구냐.
너는 그 모습을 봤는가.
요물이냐 인간이냐.
검은 옷을 입고
찢어진 잿빛 깃발이 나부낀다.

바람은 노래를 들려줬습니다. 그리고 거침없이 세차게 불어대
기 시작했습니다. 새싹뿐 아니라 들판에 난 풀이란 풀은 모조리 놀
란 토끼눈으로 아우성이었습니다. 숲에서도 두근거리는 가슴을 가
라앉히지 못해 여기저기서 수런거렸습니다. 어린 새싹은 연약한 머
리가 뒤로 젖혀져 금방이라도 떨어져나올 듯했습니다.

거칠고 버릇없는데다 덜렁대는 바람이 영원히 멈추지 않을 기
세로 마구 휘몰아치자 새싹은 아예 까무러칠 노릇이었습니다.

보다 못한 태양이 바람을 나무랐습니다.

"어린 새싹이 뭘 잘못했다고 괴롭히냐? 그렇게나 소란 떨고 싶으면 높은 산꼭대기라도 올라가 부딪치든가, 아니면 한밤중 아무도 없는 바다 한가운데서 파도랑 씨름이나 할 일이지. 애꿎은 새싹을 왜 물고 늘어져?"

바람은 태양에게 덤벼들 듯 하늘로 펄쩍 뛰어올랐습니다.

"괴롭히는 게 아니에요. 아이들은 강하게 키워야 한다고요. 아주아주 강해져야 한다는 말이죠. 안 그러면 저 어린 싹이 어떻게 이 험한 들판에서 버틸 수 있겠어요? 앞으로 훌륭한 나무가 되려면 이런 모진 훈련이 꼭 필요하다고요."

태양은 기막힌다는 듯이 잠시 바람을 가만히 굽어보다가 명령했습니다.

"지금부터 내가 하는 말을 잘 새겨들어. 안 그러면 너를 삼천리 아니 사천 리 떨어진 먼 곳으로 쫓아낼 테니. 앞으로 싹이 자랄 때까지 세찬 바람은 절대로 안 돼."

바람은 나지막하게 〈방랑의 노래〉를 부르며 바다 쪽으로 떠났습니다. 태양은 가여운 새싹을 물끄러미 바라봤습니다.

"이제 놀랄 일 없어. 너를 괴롭히던 바람은 멀리 가버렸으니까. 앞으로는 내가 너를 지켜주마."

새싹은 힘들게 나온 세상이 예측할 수 없을 만큼 복잡해 머리가 지끈거렸습니다. 불안하고 두려워서 몸도 덜덜 떨렸습니다.

"혹시 춥니? 왜 그렇게 떨어?"

태양은 궁금해했습니다.

새싹은 바람에 시달리느라 지칠 대로 지쳐 있었습니다. 목이 너무 말라서 그저 비가 내리기를 바랐지만, 그런 말을 입 밖에 내도 좋을지 불안하고 두려워서 떨고 있었습니다.

"가여워라. 말도 못할 만큼 춥니? 떨고 있구나. 이제 괜찮아. 마음놓아. 바람은 저쪽으로 가버렸다. 내가 더 따뜻하게 해줄게."

태양은 온 힘을 다해 열기를 뿜어내고 빛을 쏟아내기 시작했습니다. 뜨거운 기운에 구름이 흩어졌습니다. 여린 잎은 시들해지고 가느다란 줄기는 뒤틀린 채 힘을 잃어갔습니다. 겨우겨우 땅 위로 뚫고 나온 어린 새싹은 결국 말라버렸습니다.

태양은 그런 줄도 모르고 저물 무렵까지 이 세상을 한껏 내리비쳤습니다.

2. 행복한 섬

어느 나라에서 벌어진 이야기입니다. 사람들은 오랫동안 틀에 박힌 삶에 지쳐 있었습니다. 어제가 오늘 같고 오늘이 내일 같은 똑같은 삶. 아침에 눈뜨면 일어나 일하고, 때 되면 밥 먹고, 해 지면 잠드는 일상을 사람들은 몹시 지겨워했습니다.

사람들은 서로 사이좋게 지내기를 바랐지만, 사실 그러기는 힘든 세상입니다. 누군가 많은 돈을 벌어들일 때 다른 누군가는 큰 손해를 보는데, 모두 같은 마음일 수는 없죠. 화내는 사람이 있는가 하면 기뻐하는 사람도 있고, 우는 사람 웃는 사람 제각각이어서 남을 시샘하고 비웃는 일은 끊임없이 일어났습니다. 사람들은 한숨 섞인 푸념을 늘어놓았습니다.

"우리는 왜 태어났을까. 살아야 할 목표도 보람도 없이 이렇게 날마다 다람쥐 쳇바퀴 돌듯 살다 죽어야 되나."

봄이 되면 꽃이 피어납니다. 마치 온 나라가 꽃으로 장식되는 듯하죠. 여름에는 푸른 나뭇잎이 무성하게 우거지고, 가을이면 숲과 언덕이 온통 노랗게 물들어 낙엽이 바람 따라 뒹굽니다. 겨울이 지나가고, 또 다시 봄이 오고, 끝없는 반복입니다.

이 나라에는 옛날부터 전해오는 이야기가 하나 있습니다. 비늘구름이 끼는 날, 황혼에 물든 여름 바다에 몸을 던지면 그 사람은 조개로 다시 태어난다고 합니다. 그리고 삼 년 뒤에 바다 위에 다시 비늘구름이 끼는 날 그 조개는 백조로 변하는데, 그 백조는 자유롭게 하늘을 날아 멀고 먼 바다 너머 '행복한 섬'으로 날아간다는 이야기입니다.

"행복한 섬이 있다는데, 정말일까요?"

어느 날 한 사람이 이 나라에서 가장 지혜롭다고 이름난 사람을 찾아와 물었습니다. 지혜로운 사람은 백발이 희끗희끗한 노인이었습니다.

"그건 사실이라네. 행복한 섬에 가면 이 나라에서 일어나는 잘못된 일들은 찾으려 해도 찾을 수 없어. 그것뿐인가? 산에 가면 나무가 울창하고 흙을 파면 깨끗한 물이 솟아나. 바위를 깨면 금, 은, 동, 철 같은 광물이 번쩍거린다네. 들판에는 꽃이 흐드러지게 피어 있고, 논이며 밭에는 절로 자란 곡물이 가득해. 일을 안 해도 편하게 놀고먹을 수 있으니 그 섬에 사는 사람들은 서로 다투지도 않아요. 아니 싸움이 뭔지를 아예 모르지. 그런데 문제는 그 섬에 가기가 쉽지 않다는 거야. 파도가 거친데다 바람은 또 얼마나 불어대는지, 깊은 바닷속에는 괴물이 살고 있어 지나가는 배를 뒤집어버린다네. 그 섬에 간 사람은 아직 없지만, 어쨌든 그 섬에 사람이 사는 건 틀림없어. 그리고 참, 행복한 섬에 있는 여인들은 하늘에서 내려온 천사만큼이나 예쁘다네. 그 섬에 가고 싶다는 일념으로 신께 기도해 조개가 되고, 또 삼 년 동안 바닷속에서 수행해 백조로 다시 태어나는 거지, 사실 뭐, 그 방법밖에 없으니까. 아무튼 백조가 돼 그 섬에 날아가면, 꽃이 만발한 들판에서 춤추고, 사시사철 변함없이 푸른 숲속에서 노래 부르고, 아름다운 여인 어깨에 앉아 놀고, 그야말로 낙원이지. 정말 신기한 이야기야, 암."

잠자코 이야기를 듣고 있던 사람은 놀라서 눈이 휘둥그레졌습니다.

"이런 신기한 이야기를 왜 빨리 모든 사람들에게 들려주지 않으셨어요?"

"이런 이야기는 세상을 소란스럽게 할 테니, 하지 않는 게 좋다고 생각했네."

지혜로운 노인은 담담히 말했습니다.

'행복한 섬' 이야기는 어느 틈에 사람들 사이에 쫙 퍼졌습니다.

사는 데 흥미를 잃은 젊은이들 중에는 무기력하게 우울한 날들을 보내느니 목숨을 걸고라도 행복한 세계를 찾아 나서겠다는 사람도 있었습니다. 또 여름 해가 바다 저편으로 기울고 숱하게 많은 비늘구름이 꽃잎처럼 하늘을 덮을 때, 바다에 몸을 던진 사람도 있었습니다.

이런 죽음에도 사람들은 슬퍼하지 않았습니다. 이대로 허망하게 죽어 흙이 되니 다시 태어나 행복한 섬으로 가는 편이 더 낫다고 생각한 때문이었습니다.

그 아름다운 죽음에 견주면, 바다에 몸을 던질 용기도 없이 쓸데없이 나이만 먹다 나무가 시들 듯 죽어버리는 일은 얼마나 우울하고 절망적인가요?

해가 질 무렵이면 하루가 멀다 하고 바닷가를 서성이며, 영원히 저물지 않는 지평선 너머 푸른 바다를 동경하는 사람들이 몇이나 됐습니다. 바다는 뭐라 말할 수 없이 아름다운 노래를 끊임없이 불렀습니다. 그 노래에 가만히 귀를 기울이면, 검푸른 심연으로 끌려들어갈 듯한 그리움을 느꼈습니다.

달빛이 물위를 조용히 비추는 밤에 감정이 북받쳐 느닷없이 바닷속으로 몸을 날리는 사람도 더러 있었습니다.

다시 태어난다는 믿음이 지루한 생활에 얼마나 활기를 불어넣었는지 모릅니다. '죽음'이 이때만큼 의미를 지닌 적이 있었을까요?

"죽지 않고 행복한 섬에 갈 수는 없을까?"

바다에 몸을 던진 뒤 정말 다시 태어날 수 있을지 의심하는 사람도 있었습니다. 그 사람들은 어떤 모험을 하더라도 죽지 않고 섬에 갈 방법을 찾고 싶었습니다. 그래서 지혜로운 노인에게 물었습니다.

"못 갈 것도 없겠지만, 어쨌든 먼 곳이라네. 그 섬으로 가는 길에 바람이 사납게 부는 데가 있어. 큰 파도가 소용돌이치는 데도 있고, 괴물이 사는 깊은 바다도 지나야 하고. 준비를 단단히 하면 못 갈 것도 없겠지."

무엇이든 다 아는 지혜로운 노인은 대답했습니다.

신중하고 두려움이 많은 사람들은 준비하는데 몇 년이 걸려도 좋으니 한번 해보자며 그곳에 갈 방법을 의논했습니다.

그 뒤로 사람들은 모두 의욕적으로 일했습니다. 어떤 이는 튼튼한 배를 만드는 데 몰두했고, 어떤 이는 여러 도구를 연구했습니다. 또 어떤 이는 그 섬에 도착하고 난 뒤의 일들을 고민했습니다. 그래도 그 고민은 행복한 미래를 위한 즐거움이었습니다. 하루 빨리 미지의 섬에 가고 싶었습니다. 고생이나 곤란한 일 따위 얼마든지 견뎌낼 수 있다는 용기가 모든 사람의 마음속에서 꿈틀거렸습니다.

해질녘이 되자 태양이 바다 끝을 붉게 물들이며 가라앉았습니다. 이때 불길처럼 보이는 구름이 수평선에서 소용돌이쳤습니다.

"행복한 섬이 저 구름 밑에 있는 거지."

사람들이 모두 그쪽을 바라봤습니다. 해가 완전히 기울고 하늘이 서서히 어두워지자, 지평선이 물결에 밀려들다 나가다 하며 사라져가는 구름 빛을 아쉬워했습니다.

어느 날 사람들이 언제나 그렇듯 해안에 모여 먼 바다를 바라보고 있을 때였습니다. 저녁 하늘 아래 새까만 점 같은 것이 이쪽을 향해 조금씩 다가오고 있었습니다. 사람들은 검은 그림자를 유심히 바라봤습니다.

"저게 뭐지? 우리 쪽으로 배가 오는 것 같은데."

"행복한 섬에서 사람을 보낸 게 아닐까?"

"저게 뭐든 도착하면 알겠지."

모두 목을 길게 빼고 검은 그림자가 바닷가에 닿기를 기다렸습니다.

검은 그림자의 테가 차츰 시야에 들어오기 시작했습니다. 세 사람이 탄 작은 배였습니다. 배가 드디어 해안에 도착했습니다.

배에서 내려온 세 사람은 시커먼 수염에 머리칼이 덥수룩하고 뼈만 앙상하게 남아 몹시 쇠약해 보이지만 눈빛만은 날카롭게 빛났습니다.

"다들 우리를 기억하지 못하겠죠? 십 년쯤 전에 먼 바다로 나갔다가, 태풍에 휩쓸리는 바람에 아주 먼 곳까지 흘러갔어요."

셋 중 가장 키 큰 남자가 말했습니다.

사람들은 십 년 쯤 전 큰 폭풍우 몰아치던 밤을 떠올렸습니다. 그리고 지금껏 행방불명이던 세 사람을 기억해냈습니다.

"잘 돌아왔어요. 벌써 죽은 줄 알았는데. 혹시 행복한 섬에서 구해준 겁니까?"

사람들 사이에서 누가 물었습니다.

"행복한 섬?"

그때 셋 중 한 명이 자기 귀가 의심스럽다는 듯이 큰 소리로 되물었습니다.

"그렇소. 행복한 섬에서 오랫동안 살았는지 묻는 거요."

사람들 속에서 한 명이 대답했습니다.

"지금 제정신입니까? 지옥에서 겨우 도망쳐온 우리한테 행복한 섬이라뇨. 대체 무슨 소리를 하는 겁니까? 당신들은 십 년 만에 돌아온 우리를 모욕할 셈입니까?"

세 사람은 창백한 얼굴로 화를 냈습니다.

다들 뜻밖의 상황에 놀라 세 사람을 간신히 달랬습니다.

"여기서 보면 저 태양이 지는 곳, 그러니까 불길처럼 소용돌이 치는 저 구름 아래입니다. 그 섬에서 우리는 아주 참혹한 꼴을 당했어요. 하루 종일 우리를 짐승처럼 부렸어요. 어떻게 해서라도 반드시 섬에서 도망쳐야겠다고 결심했지만, 방법이 있어야죠. 해가 지면 바닷가에 나가 불을 피웠죠. 혹시 이 불빛을 보고 누가 구하러 오지 않을까 막연히 기다리면서 기도했습니다. 결국 우리는 언덕 위 감옥에 갇혔습니다. 오랜 시간 감옥에 있었어요. 가끔 창으로 달빛이 들어오면 그 달을 보며 먼 바다 너머 고향을 그리워했죠. 그러다 어느 날 밤 드디어 그 창으로 빠져나온 겁니다. 겨우 목숨을 건져 도망쳤어요."

셋은 그동안 겪은 일을 자세히 이야기했습니다. 사람들은 지혜로운 노인에게 속았다며 여기저기서 분통을 터뜨렸습니다.

"세상에, 우리가 죄다 멍청했어. 저 노인이 자기도 가보지 못한 '행복한 섬' 같은 걸 알고 있을 리가 없잖아. 누가 도대체 저런 노인을 지혜로운 자라고 한 거야? 저 노인 말만 믿고 바다에 몸을 던진 사람이 얼마나 많은데."

사람들은 노인을 바닷가로 질질 끌어와 모든 사람을 속인 이유를 따졌습니다. 그런데 노인은 뜻밖에 태연했습니다.

"예전에는 '행복한 섬'이었지. 지금 '불행한 섬'으로 바뀌었을 뿐인데, 그걸 누가 알았겠나. 결코 내 잘못이 아니야."

그렇지만 사람들은 노인의 말을 들어주지 않았습니다. 세 사람이 타고 온 작은 배에 노인을 태워 먼 바다에 띄워 보냈습니다. 그러자 분은 좀 풀리는 듯했습니다. 앞으로는 내가 지혜로운 사람이라고 나서는 이도 없을 테고, 사람들을 홀릴 걱정거리도 나타나지 않을 거라며 사람들은 만족했습니다. 그렇지만 그런 기쁨도 잠깐이었습니다.

사람들은 다시 전처럼 살아갈 희망을 잃어버렸습니다. 무엇 때문에 이렇게 따분한 생활을 계속해야만 하는 걸까, 불행한 섬이라도 좋으니 가보고 싶다며 이따금 바다 한가운데로 배를 밀어내는 사람도 있었습니다.

미지의 세계를 그리는 마음이 너무 커질 때는 '행복한 섬'이나 '불행한 섬'이나 별 차이 없기 때문이었습니다. 서로 욕심만 부리고 질투하며 싸우는 삶에 사람들은 진절머리를 쳤습니다. 그리고 이런 삶이 진정한 인생이라고는 도저히 믿을 수 없었습니다.

＊1921. 7.

장화 이야기

어느 마을에 불쌍한 비렁뱅이 아이가 있었습니다. 한적한 마을에 살던 아이는 날마다 시내에 나가 구걸을 해오라고 쫓겨 나갔습니다. 신발이 없어 맨발로 긴 자갈밭을 터벅터벅 걸어가야 했습니다.

따가운 한여름 햇살에 땅바닥은 바짝 말랐고, 돌은 지글지글 달궈져 있습니다. 그런 길을 아이는 맨발로 걸어갑니다. 지나가는 사람들은 흘끔거리며 아이를 살피기만 할 뿐 다정한 말 한마디 건네지 않습니다.

볕이 한창 내리쬘 무렵이라 개 한 마리 다니지 않는 길을, 아이 혼자 누더기나 다름없는 옷을 입고 걸어갑니다. 머리 위에서 제비들이 울어댑니다. 길을 따라 늘어선 전신주는 새파란 하늘에 잠겨 끝이 보이지 않습니다.

전신주와 전신주 사이에 이어진 가느다란 전깃줄 위에도 햇빛은 쏟아져 내렸습니다.

문득 걸음을 멈춘 아이는 전깃줄에 나란히 앉아 지저귀는 제비를 올려다봤습니다. 제비들도 아이를 쳐다보며 쨱쩍거립니다. 그런데 그 모습이 꼭 자기를 비웃는 듯해 아이는 화가 났습니다.

발치에서 돌멩이를 주워 새들에게 힘껏 던지자 한꺼번에 푸드득 날아올랐습니다. 아이는 잠깐 서서 제비가 날아간 곳을 바라봤습니다.

이튿날도 햇살은 뜨거웠습니다. 마침 어제 제비에게 돌을 던진 곳에 오자 또다시 제비 울음소리가 들려왔습니다. 이번에는 길에서 좀 떨어진 밭 쪽입니다. 제비들은 밭을 가로지르는 전깃줄 위에 줄줄이 앉아 울고 있었습니다. 그 아래에는 기찻길이 깔려 있고, 둑길이 쭉 이어집니다. 둑은 길에 잇닿아 있다가 저만치에서 갈라져 외로이 뻗어갑니다.

아이는 제비에게 돌을 던질 생각에 일부러 밭두렁을 타고 기찻길 옆까지 왔습니다.

그렇지만 사실 아이는 자기를 무시해서 제비가 우는 게 아니라는 것쯤 알고 있었습니다.

어찌 보면 뭔가를 알려주려고 자꾸 우는 듯도 했습니다. 아이는 제비들이 앉아 있는 전깃줄 아래를 봤습니다. 그곳에 다 낡아빠진 장화 한 켤레가 버려져 있었습니다.

"이거다! 제비가 나한테 이걸 가르쳐주려고 했구나."

제비들이 무척 고마웠습니다.

아이는 재빨리 장화를 주워 신었습니다. 공사장 일꾼이 신다가 낡아서 내다버린 모양입니다.

어른이 신던 장화라 다리가 완전히 파묻히는 모양새지만, 맨발로 타는 듯이 뜨거운 자갈길을 걸을 때보다는 훨씬 좋았습니다. 게다가 아이는 태어나서 처음으로 신발을 신어봅니다. 신기하기 짝이 없었습니다.

커다란 장화를 질질 끌다시피 해서 시내로 나갔습니다.

사람들 모두 길을 가다 말고 아이를 돌아봤습니다. 그렇지만 웃는 사람은 별로 없었습니다.

'어차피 거지인데 뭐.'

딱히 가여워하지도 재미있어 하지도 않고, 별 문제 아니라는 듯 아무 표정 없이 지나갔습니다.

그러나 시골길을 지날 때는 동네 꼬마들이 손뼉을 치며 깔깔거렸습니다.

"야, 이런 날씨에 무슨 장화냐?"

놀려대면서 졸졸 뒤를 따르며 키득키득 웃거나 돌멩이를 던지기도 했습니다.

아이는 훌쩍훌쩍 울기 시작했습니다. 차라리 차갑게 쳐다보던 어른들이 더 나았습니다.

다 해진 옷은 땟물에 절어 까맣고 낡은 장화는 너무 커서 걸을 때마다 덜그럭거립니다. 동네 꼬마들이 더는 따라오지 않는 개울가까지 간 다음에야 아이는 소리 내어 울 수 있었습니다.

이 모습은 밭둑에서 놀던 개구리들 말고는 아무도 보지 못했습니다.

불쌍한 아이를 본 개구리들이 한자리에 모였습니다.

"마을 아이들이 저 꼬마를 놀리지 않게 우리가 뭘 해줄 수 없을까……."

여러 이야기들이 오고간 끝에 개구리들은 결국 비를 내리게 하는 수밖에 없다고 결론지었습니다.

하늘은 구름 한 점 없이 새파랗기만 해서 비가 내릴 낌새 따위 전혀 보이지 않았지만, 개구리들은 어떻게 해서든 비를 꼭 내리게 하고 싶었습니다.

많은 개구리들이 밭 가운데나 논두렁에서 하늘을 향해 개굴개굴 울어댔습니다. 해님 귀에 조금이라도 더 잘 들리게 하려고 작은 나무에 올라가 시끄럽게 우는 개구리도 있었습니다.

그렇게 개구리들은 저녁까지 끈질기게 울었습니다. 그러자 이제껏 보이지 않던 구름이 조금씩 움직이기 시작했습니다. 햇빛이 차츰 흐려지더니 순식간에 하늘이 껌껌해지고 투둑투둑 빗방울이 떨어졌습니다. 그날 밤 쏟아지기 시작한 장대비는 이튿날까지 그치지 않았습니다.

이윽고 날이 개었습니다. 그렇지만 시골길은 물웅덩이로 온통 엉망이 됐습니다. 그날 거지 아이는 장화를 신고 사람들 앞을 우쭐거리며 지나갈 수 있었습니다.

*1923. 8.

폭풍이 불기 전 나무하고 새가 나눈 이야기

어느 산기슭에 울창한 숲이 있었습니다. 그 숲속 우거진 나무들 중에서 가장 우두머리를 꼽자면 이곳에서 꽤 오래전부터 살고 있는 커다란 노송나무입니다.

숲에는 나무만큼이나 새들도 많습니다. 그 새들 중 왕은 뭐니 뭐니 해도 늙은 매입니다. 새들은 하나같이 늙은 매를 두려워했습니다.

하루는 인간들에 관해 매와 노송나무가 이야기를 나눴습니다.

"인간들이 요즘 기세등등해서 가는 곳마다 나무를 베어대고 있소. 이 숲에도 언제 들이닥칠지. 가만 보면 인간이란 영리한 듯하면서도 멍청하기 짝이 없소. 다른 인간을 위해 아주 멋진 거리를 만들어놓고, 칠칠맞지 못하게 불을 내서 자기가 사는 집도 거리도 홀랑 태워버리니 말이오. 우리로서는 도무지 상상도 할 수 없는 일.

그렇게 살던 집도 거리도 태워먹으면 또 허둥지둥 우리한테 찾아와 빌붙는 것들이, 쯧쯧쯧. 우리는 인간을 위해 이렇게까지 애쓰건만 도통 고마운 줄을 모르니, 이것 참."

노송나무가 불만을 터뜨렸습니다.

동그랗고 검은 눈동자에 눈매가 날카로운 매는 잠자코 이야기를 듣고 있다가 점잖게 대답했습니다.

"인간만큼 제멋대로 구는 녀석도 없지. 그렇게 화내시는 것도 무리는 아니오. 우리도 여태껏 무던히 참아왔습니다."

"댁들은 자유롭게 날아다니는 몸이니 굳이 인간이 하라는 대로 할 이유는 없잖소? 인간이 없는 곳에 가버리면 그만일 텐데, 험한 꼴 당할 필요도 없고."

"노송나무님, 당신도 나이 먹더니 약간 망령이 났나 보구려. 우리가 인간을 위해 얼마나 일을 하는지 아시오? 그런데도 인간들은 우리를 괴롭히기만 합니다. 먼저 생각을 좀 해보시오. 인간들은 말이나 소, 개, 고양이한테는 병원까지 세워주면서 우리한테는 아직 그 비슷한 것도 짓지 않았소. 이런 불공평한 일은 일일이 말할 수도 없을 지경이오. 사정이 이런데 우리가 당신들처럼 잠자코 있을 수 있겠소?"

하늘을 가릴 만큼 무성하게 우거진 노송나무는 조용히 매의 말을 들었습니다.

"어이, 형제여. 이제 잘 알았소. 우리 모두 인간들이 하는 행동에 불만이 많군. 그런데 아직 자세히 살펴본 적이 없으니. 인간들이 사는 마을로 누구를 보내 먼저 자세히 알아보는 게 어떻겠소?

우리 생각대로 인간들이 막돼먹은 놈들이라면 그때는 복수하기로……어떻소?"

———

매는 구부러진 부리를 나무껍질에 갈고 나서 다시 물었습니다.

"참 좋은 생각이오. 당장 보냅시다. 그런데 누가 좋을지 생각해 놓은 자라도 있으시오?"

노송나무는 고개를 끄덕였습니다.

"인간의 모습이 아니라면 이 일을 제대로 해낼 수 없을 것이오. 다행히 마땅한 자가 하나 있소. 저 꼬마 거지를 변화한 도시에 보냅시다. 당신도 나도 그 아이에게 도움을 적잖이 줬으니."

"흐음, 나는 다른 데서 구두를 물어와 저 아이에게 준 적이 있소. 또 옷을 채어와 주기도 했고."

매가 말했습니다. 몸을 슬쩍 한번 움직이더니 노송나무가 말했습니다.

"나는 저 아이에게 이런저런 노래를 가르쳐줬소. 저 아이가 아버지와 함께 이 나무 아래 있을 때는 비바람도 막아줬지. 내가 그늘이 되고 양지가 돼 지켜준 일을 꼬마는 똑똑히 기억할 것이오. 내 거친 살갗을 쓰다듬으며 나를 아저씨라고 부르기도 했다오."

"저 아이라면 괜찮겠군."

"저 아이라면 진심으로 우리 편이 돼줄 것이오."

오래된 노송나무하고 늙은 매는 이렇게 이야기를 했습니다.

다저녁때 아버지하고 아이가 노송나무 아래로 돌아왔습니다. 아이는 나뭇가지로 만든 해금을 손에 들고 있습니다.

두 사람은 나무 밑에 만들어놓은 움막으로 몸을 숨겼습니다.

"아빠, 안 심심해요?"

"응, 심심해."

"아빠, 재미난 이야기 좀 해줘요."

열한두 살 쯤 된 아이가 아버지를 조릅니다.

"그렇게 심심하면 내일 시내에 가봐! 거기 가면 재미난 일이 많아. 그런데 혼자 갔다 와라. 나는 여기서 기다리고 있을게. 갔다 와서 네가 보고 들은 걸 전부 얘기해줘."

아버지는 말했습니다. 아이는 잠자코 있었습니다.

이때 바람이 불어와 머리 위 노송나무가 쏴 소리를 냈습니다. 그 소리는 마치 그게 좋겠다고 얘기하는 듯했습니다.

"그럼 한번 가볼까? 내일 날씨가 어떨지 모르겠네."

아이는 움막 밖으로 삐죽삐죽 솟은 밤톨 같은 머리를 쏙 내밀고 하늘을 올려다봤습니다. 구름 틈새로 보이는 푸른 하늘이 시원하게 빛났습니다. 그때 매 한 마리가 하늘을 맴돌며 울었습니다.

"가봐! 가봐!"

매는 이렇게 외치고 있었습니다.

—

거지 아이는 해금을 들고 시내로 나갔습니다. 아버지는 마을

쪽으로 가고 아이 혼자만 나가보기로 했습니다.

아주 맑고 따뜻한 날이었습니다. 어느 다리 가까이 가자 낑낑거리며 무거운 수레를 끌고 오는 말이 보였습니다. 말은 다리 앞에서 더는 못 걷겠다는 듯 멈춰섰습니다.

그러자 마부가 채찍으로 말 엉덩이를 찰싹찰싹 내리쳤습니다. 말은 고통을 참지 못해 날뛰었습니다.

이 모습을 보고 있던 사람들이 깜짝 놀라 수군거렸습니다.

"짐이 너무 무겁잖아."

"가엾어……."

거지 아이는 어떻게 될지 궁금해 잠깐 서서 지켜봤습니다. 결국 말은 다리를 건너 무거운 짐수레를 끌고 가버렸습니다. 좀 전에 말이 불쌍하다고 한 사람이 옆 사람에게 소곤거렸습니다.

"사람이 짐승을 저렇게 심하게 다루다니. 저것들이 말을 못하기에 망정이지, 말이나 소가 말을 할 줄 알면 저런 식으로 다루지는 못할걸. 짐승들도 가만히 있지는 않을 테니까. 말 못하는 게 다행이야."

"그런데 말이야, 그런 짐승들이 말은 못해도 울고 웃을 줄 알면 어땠을까?"

"어떻기는, 섬뜩하지."

둘은 크게 웃었습니다.

아이는 숲에 돌아가면 지금 본 모습을 아버지하고 산에, 나무하고 새에게 들려주자고 마음먹었습니다.

거리를 돌아다니다 이번에는 닭집을 봤습니다. 커다란 대 위에 남자 셋이 나란히 서서 번쩍거리는 식칼로 닭고기를 찢고 뼈를 발라내고 있습니다. 시뻘건 피가 흘러넘쳤습니다. 그 아래 새장에서는 다른 닭이 모이를 쪼며 놀고 있었습니다.

닭집 앞으로 학생 둘이 지나가면서 잠깐 그 모습을 봤습니다. 아이가 너무 끔찍하다고 생각할 때, 앞서 가는 학생들의 말소리가 들려왔습니다.

"닭은 정말 멍청해. 자기 친구가 머리 위에서 저렇게 죽는데, 그 밑에서 모이만 먹고 있어."

그러자 다른 한 명이 반박했습니다.

"사람도 마찬가지 아냐? 젊고 늙고 상관없이 날마다 죽어서 무덤에 가는데, 자기는 영원히 살 줄 알고 욕심을 부리잖아."

아이는 뒤에서 정말 그렇다고 생각하며 고개를 끄덕였습니다.

—

아이는 시내 한가운데 가장 붐비는 곳에 갔습니다.

작은 손으로 해금을 켜면서 바람에게 배운 구슬픈 노래를 불렀습니다. 지나가던 사람들이 발걸음을 멈추고 신기하다는 듯 아이를 지켜봤습니다.

거리 한편에 예쁜 카페가 있습니다. 하얗게 화장하고 입술을 붉게 칠한 젊은 여자들도 있습니다. 여자들도 맑은 목소리로 노래를 불렀지만, 아이가 바람에게 배운 슬픈 노래를 부르며 다가오자 모두 입을 다물어버립니다.

아이는 카페를 빤히 쳐다봤습니다. 이곳에서 노래를 부르면 돈을 벌 수 있을 듯했습니다. 둥근 테이블이 여럿 있고, 그중 하나에는 한 남자가 거나하게 취해 앉아 있습니다. 곱게 화장한 얼굴로 남자 앞에 마주앉은 여자도 조금 취해 있었습니다. 테이블 위 맥주병이 항구에 닻을 내린 돛단배처럼 늘어섰습니다. 모두 남자가 마신 모양입니다.

마주앉은 여자가 뭐라 말하는데, 아이 귀에는 잘 들리지 않았습니다. 아이는 술 마시는 두 사람 바로 옆에 뿌리가 허옇게 드러난 어린 비자나무 화분이 신경 쓰였습니다.

맥주만 벌컥벌컥 마시지 말고 나무 밑동에 물이나 한 잔 부어주면 좋겠다고 아이는 생각했습니다.

"물을 주지 않으면 나무가 말라버릴 거에요."

아이가 말했습니다. 그러자 술에 취한 남자가 버럭 화를 냈습니다.

"이 꼬마가 지금 뭐라는 거야. 냉큼 꺼지지 못해!"

남자는 작은 잔에 남아 있던 위스키를 아이 얼굴에 끼얹었습니다. 불에 덴 듯 눈이 화끈거렸습니다.

해가 저물 무렵, 아이는 눈물이 글썽글썽해 산기슭 숲속으로 돌아왔습니다. 아버지는 움막 안에서 아이를 기다리고 있었습니다.

아이는 그날 시내에서 보고 들은 모든 일을 아버지에게 이야기했습니다.

늙은 노송나무는 부들부들 몸을 떨었습니다.

"지금 아이가 한 말 들었나?"

노송나무가 늙은 매에게 소리를 질렀습니다.

"인간들이 지나치게 우쭐대는군! 뜨거운 맛을 보여줘야겠어."

늙은 매도 머리끝까지 화가 솟구쳤습니다.

"우리는 오늘밤 폭풍우를 불러 거리를 습격한다!"

노송나무가 외쳤습니다.

"우리 힘이 얼마나 무서운지 보여주자. 인간들의 거리를 하나도 남김없이 다 쓸어버리겠어."

매도 뒤따라 외쳤습니다.

매는 먹구름에게 전령을 보내려고 땅거미 진 하늘로 날아올랐습니다. 비와 바람을 부르려고 늙은 노송나무는 해가 진 하늘에 대고서 큰 가지 작은 가지 할 것 없이 모두 아우성을 쳤습니다.

＊1977(첫 출간 연도).

달과 바다표범

북쪽 바다는 은빛으로 얼어 있습니다. 태양은 어두운 곳을 좋아하지 않기 때문에 겨울 내내 그곳에는 햇빛이 거의 들지 않았습니다. 마치 죽은 물고기 눈처럼 우중충한 바다 위로 날마다 눈이 내렸습니다.

어미 바다표범 한 마리가 빙산 꼭대기에 멍하니 웅크리고 있습니다. 순한 눈망울로 눈과 얼음덩어리밖에 없는 주위를 살핍니다. 초가을에 사라져버린 사랑스러운 아기를 잊지 못해 이렇게 날마다 사방을 두리번거립니다.

'어디에 갔을까……오늘도 보이지 않아.'

찬바람이 이따금 불어옵니다. 아기를 잃은 바다표범은 뭘 봐도 슬프기만 했습니다. 그 무렵 푸르르다가 이제 은빛으로 바뀐 바닷물을 봐도, 또 자기 몸에 조용히 내려앉는 흰 눈을 봐도 슬픔이 사무쳤습니다.

바람이 휘휘 소리를 내며 붑니다. 바다표범은 그 바람에게도 하소연했습니다.

"혹시 어딘가에서 제 귀여운 아기를 못 보셨어요?"

가여운 바다표범이 걱정스러운 얼굴로 물었습니다. 그러자 이제껏 거리낌없이 날뛰던 폭풍이 잠깐 숨을 고릅니다.

"바다표범 님. 아기가 없어져서 날마다 그렇게 늘 같은 자리에 앉아 있었습니까? 그랬군요. 전혀 몰랐습니다. 지금 저는 눈과 싸우는 중이에요. 이 바다를 눈이 차지할지 이 몸이 지켜낼지 사생결단을 낼 겁니다. 그나저나 이 근처라면 제가 안 가본 데 없이 구석구석 다녀봤는데 말이에요. 아기 바다표범은 못 봤어요. 얼음 그늘 밑에 숨어 울고 있나 모르겠네⋯⋯. 아무튼 다시 한 번 꼼꼼히 살펴보죠."

"바람 님, 정말 친절한 분이시군요. 님들이 아무리 춥고 매섭게 몰아쳐도 저는 여기서 꼼짝 않고 기다리고 있으니까요. 바다를 뛰어다니시다가 혹시 우리 아기가 저를 찾아 울고 있으면 꼭 좀 알려주세요. 어디든 바로 달려갈게요. 빙산을 뛰어넘어서라도 데리러 갈 테니⋯⋯."

바다표범은 눈물을 글썽였습니다. 바람은 길을 재촉하면서도 뒤를 돌아보며 말했습니다.

"그런데 바다표범 님, 가을에 이 근처에서 고기잡이배를 봤어요. 만약 그때 인간에게 잡혀갔다면 돌아오지 못해요. 제가 한번 잘 찾아보겠습니다만, 그래도 없다면 그때는 포기하셔야 됩니다."

바람이 떠난 뒤에 바다표범은 더욱 서럽게 울었습니다.

바다표범은 날마다 바람의 소식을 기다렸습니다. 그러나 약속한 바람은 아무리 기다려도 돌아오지 않았습니다.

"바람 님, 무슨 일이지……."

바다표범은 이번에는 바람이 걱정돼 견딜 수 없었습니다. 그 뒤에도 이따금 바람이 불어왔지만, 지난번에 만난 바람은 아니었습니다.

"저기요, 혹시 어디로 가세요?"

바다표범이 바로 앞에 스쳐가는 바람을 불러 세웠습니다.

"글쎄요. 딱히 어디라고 말하기는 어렵군요. 앞에 가는 친구를 따라갈 뿐이니까……."

"훨씬 앞에 간 바람 님에게 제가 부탁을 하나 했어요. 대답을 들어야 하는데……."

바다표범이 슬픈 목소리로 말했습니다.

"약속한 바람이 아직 돌아오지 않았나요? 제가 그 바람을 만날 수 있을지는 모르겠지만, 만나면 전해드릴게요."

그러고는 그 바람도 어딘가로 떠나버렸습니다.

잿빛 바다가 조용히 잠들어 있습니다. 눈은 바람에 맞서 싸우면서 부서지거나 날아갔습니다.

언젠가 이렇게 가만히 앉아 있는데 달이 바다표범을 비추며 물은 적이 있습니다.

"외롭니?"

그때 바다표범은 하늘을 우러러보며 호소했습니다.

"외로워요. 외로워서 견딜 수 없어요!"

걱정스런 얼굴로 물끄러미 내려다보던 달은 먹구름 뒤에 숨어 버렸습니다. 바다표범은 우두커니 앉아 그때 일을 떠올렸습니다.

쓸쓸한 바다표범은 밤마다 빙산 꼭대기에 웅크리고 앉아 잃어 버린 아기를 그리워했습니다. 그리고 바람의 소식을 기다리면서 달에 관해서도 생각했습니다.

달은 바다표범을 잊을 수 없었습니다. 태양은 화려한 거리나 꽃이 피는 들판을 즐거운 듯 굽어보며 여행하지만, 달은 늘 쓸쓸한 마을과 어두운 바다를 보면서 눈물짓습니다. 그리고 불쌍하게 살아가는 인간의 모습과 굶주림에 울고 있는 짐승들을 봤습니다.

이 세상의 슬픔에 웬만큼 익숙해진 달도 아기를 잃고 밤낮 없이 빙산 위에서 서럽게 울부짖는 바다표범을 보고는 안타까워서 어쩔 줄을 몰랐습니다. 근처의 바다는 너무 어둡고 추워서 바다표범의 마음을 달래줄 수도 없습니다.

"외롭니?"

달이 겨우 말을 걸어 봤지만, 바다표범은 하늘을 향해 슬픔을 호소할 뿐이었습니다.

그러나 달도 어떻게 해볼 방법이 없었습니다. 그날 밤부터 달은 가여운 바다표범을 어떻게든 위로하고 싶다고 생각했습니다.

어느 날 밤, 달은 잿빛 바다를 보면서 바다표범을 떠올렸습니다. 그 바다표범은 어떻게 지내고 있을까? 달은 밤길을 재촉했습니다. 북쪽에 다다르자 바람은 여전히 차갑고 구름은 빙산을 스치듯이 낮게 날아갑니다.

바다표범은 그날 밤도 빙산 위에 웅크리고 앉아 있었습니다.

"외롭니?"

달이 다정하게 물었습니다.

조금 야위어 보이는 바다표범이 외쳤습니다.

"외로워요! 아직도 내 아기를 못 찾았어요."

달이 푸르스름한 얼굴로 바다표범을 바라보자 바다표범의 몸도 푸르스름하게 물이 듭니다.

"나는 세상 곳곳을 모두 보고 다녔어. 재미있는 먼 나라 이야기를 들려줄까?"

바다표범은 고개를 흔들며 달에게 부탁했습니다.

"우리 아이가 어디 있는지 제발 알려주세요. 찾으면 가르쳐준다고 약속한 바람도 깜깜무소식이에요. 다른 얘기는 듣고 싶지 않아요. 온 세상을 다 다니셨다면 제발 우리 아기가 어디 있는지 가르쳐주세요."

달은 뭐라고 대답해야 할지 몰라 입을 다물었습니다. 아기를 잃거나 뺏기는 슬픈 일들이 세상에 너무 많아서 달은 일일이 다 기억할 수 없었습니다.

"이곳 북쪽 바다만 해도 아기를 잃은 바다표범이 몇인지 모르겠구나. 너만큼 아기한테 다정한 엄마도 없을 거야. 그래서 더 슬퍼하는 거겠지. 안타까워 못 보겠다. 곧 너를 즐겁게 해줄 소식을 갖고 올게……."

달은 또 구름 뒤에 숨어버렸습니다.

달은 바다표범에게 한 약속을 잊지 않았습니다. 어느 날 밤, 남쪽 들판의 어지럽게 핀 꽃들 사이에서 젊은 남녀가 피리 소리와 북 장단에 맞춰 춤을 추고 있었습니다. 달은 하늘에서 조용히 그 모습을 지켜봤습니다.

그 사람들은 양치기였습니다. 이제 날씨가 따뜻해 다들 논밭을 갈러 나가는 때였습니다. 하루 종일 들판에 나가 일한 사람들은 해가 지면 달빛 아래 춤을 추며 그날 쌓인 피로를 씻어냈습니다.

남자들은 소와 양을 몰아 달빛이 희부윰하게 비추는 길을 따라 집에 돌아갔고, 여인들은 꽃이 핀 들판에 앉아 쉬었습니다. 살랑살랑 바람이 불 때마다 흘러오는 꽃향기에 취해 꾸벅꾸벅 조는 이도 있습니다.

그때 달은 풀밭에 나뒹구는 작은 북을 봤습니다. 저 북을 불쌍한 바다표범에게 갖다 주자.

달은 손을 뻗어 북을 주워 올렸습니다. 다행히 아무도 알아차리지 못했습니다. 그날 밤, 달은 북을 짊어지고 북쪽 바다를 향해 먼 길을 떠났습니다.

북쪽 바다는 여전히 은빛으로 얼어 있고, 찬바람은 매섭게 몰아쳤습니다. 바다표범도 변함없이 빙산 위에 웅크리고 있었습니다.

"자, 약속한 것을 가져왔어."

달이 바다표범에게 북을 건넸습니다.

바다표범은 그 북을 마음에 들어 하는 듯했습니다. 얼마 뒤 달이 다시 그 근처 바다를 비출 때 얼음이 녹기 시작했고, 바다표범이 울리는 북소리가 파도 사이에서 둥둥 들려왔습니다.

*1925. 3.

어느 공의 일생

축구공은 아이들이 너무 거칠게 다루는 바람에 몹시 약해져 있었습니다. 어차피 차이거나 밟히는 인생이지만, 그래도 조금은 내처지를 생각해주면 했습니다.

그런 공의 마음을 아이들이 알아줄 리 없습니다. 아이들은 깔깔거리며 공을 밟고 신나게 차댔습니다. 공은 자갈밭을 구르거나 흙 위를 거침없이 내달렸습니다. 온몸이 늘 상처투성이입니다.

무슨 수를 써서라도 아이들 손에서 도망치고 싶었지만, 다 이루어질 수 없는 꿈일 뿐이었습니다. 밤이 되면 몸 여기저기가 쑤시고 욱신거려 견딜 수 없습니다. 어쩌다 비라도 내리면 그날만큼은 좀 편히 지낼까 싶다가도 날이 개면 바로 물웅덩이 속에 처박히거나 온 몸이 진흙으로 더러워지니, 생각할수록 참 서글픈 신세입니다. 비 내리는 날이 길어질수록 그 뒤에는 더욱 혹독하게 다뤄지는 법이라 공은 모처럼 쉬는 날에도 그다지 기쁘지 않았습니다.

그날도 참혹하게 얻어맞은 뒤 이대로 더 못 버티겠다, 언제나, 늘, 이렇게 당하느니 차라리 가죽이 벗겨져 빨리 쓸모없어지면 좋겠다는 생각까지 할 때였습니다.

한 아이가 공을 또다시 뻥 걷어찼습니다. 그러고는 덤불 속에 처박혔습니다. 그 덕에 공은 우거진 나무 그늘에 숨을 수 있었습니다.

"공을 못 찾겠어."

"어디로 갔지?"

아이들이 우르르 덤불 속으로 뛰어 들어와 공을 찾았습니다. 그런데 눈에 잘 띄는 나무 그늘에 숨어 있으리라고는 아무도 생각하지 못하나 봅니다.

"여기는 없어. 다른 데 있을지도 몰라."

아이들은 다른 곳으로 가 공을 찾기 시작했습니다. 그래도 공이 보이지 않자 모두 실망해 어딘가로 가버립니다.

공은 홀로 남았습니다. '아이들이 다시 찾으러 오겠지. 찾아내면 더 힘차게 던지고 뻥뻥 차댈 테고.' 그런 생각이 들자 한숨이 절로 새어 나왔습니다.

그때 하늘에서 구름이 나무 그늘 아래 웅크리고 있는 축구공을 가만히 봤습니다. 구름은 아이들에게 시달리는 공이 몹시 안쓰러웠기 때문입니다.

구름은 아무도 모르게 살그머니 하늘에서 내려왔습니다.

"축구공 님, 정말이지 딱해서 못 보겠습니다. 저, 전부 다 봤어요. 세상에 당신만큼 다정하고 정직한 분이 어디 있다고. 이런 착한 분을 날마다 그렇게 무지막지하게 다루다니. 다행히 아이들은 지금 축구공 님이 어디 있는지 몰라요. 우리 함께 얼른 하늘로 올라가요. 그럼 아이들 손이 닿지 않을 테니 안심하고 지낼 수 있습니다. 네? 그렇게 해요."

공은 하늘에서 가만히 아래를 내려다보던 흰 구름을 보자 반가웠습니다.

"친절한 말씀 고맙습니다. 그런데 아름다운 하늘에 저 같은 공이 살 만한 데가 있을까요?"

구름은 생글생글 웃었습니다.

"음, 좋은 생각이 있습니다. 빨리 안 하면 안 되니……."

구름은 공을 재촉했습니다.

공은 구름이 시키는 대로 구름 위에 폴짝 올라타고 하늘 높이 올라갔습니다.

"공 님, 저는 밤이 되면 이런 식으로 달을 타고 넓은 하늘을 돌아다닌답니다. 그런데 달은 밤에만 찾아오니까, 공 님은 낮에 달 대신 여기 앉아 땅 위를 구경하시면 돼요."

축구공은 흰 달처럼 둥근 얼굴을 구름 사이로 내밀고 땅을 바라봤습니다. 아무도 자신을 공이라고 생각하지 않았습니다.

"저기에 낮달이 떴어."

아이들이 하늘을 향해 고개를 젖힌 채 떠드는 소리를 공은 가만히 들었습니다.

축구공이 사라진 뒤로 아이들은 몹시 심심했습니다. 공터에 모여도 예전처럼 깔깔거리며 놀지 않았습니다.

"그 축구공은 어디로 갔을까?"

한 아이가 말했습니다.

"좋은 공이었는데."

다른 아이가 사라진 공을 칭찬했습니다.

"너무 심하게 걷어차지 말아야 했는데."

후회하는 아이도 있었습니다.

이 모든 이야기를 하늘에서 듣고 있던 공은 지금껏 이러쿵저러쿵 말 한마디 없더니 이제야 나를 생각해주는구나 싶어 뿌듯해지는 한편 가슴이 찡했습니다. 이렇게 나를 사랑한다면 죽을 만큼 힘들어도 까짓 고생쯤, 곧바로 내려가 아이들을 기쁘게 해주고 싶었습니다.

공은 지금 구름 위에서 편안하게 지내고 있지만 날마다 할 일 없이 뛰놀지도 않는 똑같은 생활에 싫증이 나 있었습니다. 땅 위를 그리워하는 마음은 날이 갈수록 커졌습니다.

공은 땅으로 돌아가고 싶었습니다. 그때 바람이 속삭였습니다.

"그런 생각하면 안 돼. 돌아가면 두 번 다시 여기에 올 수 없을 거야. 게다가 아이들이 지금보다 훨씬 더 괴롭힐 텐데……."

구름도 공을 타일렀습니다.

"힘들던 옛날을 벌써 잊었어요? 여기서 지내면 얼마나 좋은지 잘 아시잖아요. 저 아이들도 금세 공 님을 잊을 겁니다."

그렇지만 공은 아이들하고 뛰놀던 때가 그리웠습니다. 외톨이가 돼 결국 모든 아이들에게 잊힌다 생각하니 공은 가만히 있을 수 없었습니다.

"구름 님, 오랜 시간 신세를 져서 어떻게 감사 인사를 드려야 할지 모르겠습니다. 저는 땅으로 내려가겠어요. 아이들하고 지내겠습니다. 너무 쓸쓸하고 외로워서 참을 수가 없어요……."

구름은 그런 공의 마음이 안타까웠습니다.

"그렇게 돌아가고 싶다면, 모셔다 드릴게요."

어느 날 밤, 구름은 공을 태우고 땅으로 내려왔습니다. 언젠가 공이 숨어 있던 덤불 속에 살며시 공을 내려놓고 아쉬운 듯 작별 인사를 했습니다.

"공 씨, 건강하게 지내세요. 안녕히……."

"고마웠습니다."

공도 공손히 인사했습니다.

이윽고 날이 환하게 밝아오자 덤불 속으로 아침 햇살이 쏟아지고 작은 새들은 나무 꼭대기에서 지저귑니다. 그때 명자나무 꽃이 새빨간 입술로 갑자기 나타난 공에게 입을 맞췄습니다.

"공 님, 도대체 어디 계셨어요? 모두 날마다 님을 찾았어요."

명자나무 꽃은 반가운 듯 공을 바라봤습니다.

공은 땅 위가 참으로 아름답고 기쁘게 느껴졌습니다. '잠깐이지만 왜 땅을 버리고 하늘에 올라갈 생각을 했을까? 이제부터는 불평하지 말고 모든 친구들하고 함께 살아야겠다.' 공은 그렇게 생각했습니다.

아이들은 아직도 공을 포기하지 못했습니다. 공을 찾으러 또 덤불에 왔습니다. 기대도 안 했는데, 그곳에서 공을 찾았습니다.

"있다! 있다! 공 찾았어."

"야! 축구공 찾았다."

"여기야. 빨리 와."

그날부터 아이들은 공터에서 전처럼 축구를 하고 놀았습니다. 공을 찾은 기쁨에 한동안 공을 조심스레 소중히 다루기도 했지만 어느새 공은 다시 거칠게 흙바닥을 뒹굴고 있었습니다. 아무리 차여도 공은 잠자코 견뎠습니다.

그러는 사이에 공은 나이를 먹었습니다. 튀어 오를 힘도 없어진데다 불평하거나 도망칠 용기도 없어졌습니다. 아이들이 하는 대로 자기를 내버려뒀습니다. 가끔 밖에서 하루 종일 내팽개쳐질 때도 있었습니다.

구름은 하늘에서 지칠 대로 지쳐 넓은 들판을 떼구르르 굴러가는 공을 봤습니다. 초라해진 공이 너무 가여웠습니다. 지금이라도 하늘에서 살고 싶어하면 다시 데려와야겠다고 생각한 구름은 사람이 없는 틈을 타 하늘에서 내려왔습니다.

"여보세요, 여보세요. 공 님."

구름이 공을 불렀습니다. 그렇지만 귀도 멀고 눈도 침침한 공은 모처럼 자기를 부르는 구름의 목소리도 알아듣지 못했습니다. 구름은 슬퍼하며 떠나갔습니다.

*1925. 4.

큰 떡갈나무

들판 한가운데 큰 떡갈나무가 서 있습니다. 나이를 아는 이가 아무도 없을 만큼 떡갈나무는 오랜 세월 한자리에 서 있었습니다.

떡갈나무는 늘 말이 없습니다. 아무하고도 이야기하지 않기 때문입니다. 가까이 있는 나무는 모두 어리고 키가 작습니다. 그 나무의 부모들은 떡갈나무를 알았지만 이미 모두 시들어버렸고, 지금은 그 자손들의 시대입니다. 그리고 안타깝게도 그 자손들은 옛날 일을 잘 모릅니다.

산에서 날아온 작은 새들도 대부분은 나뭇가지에 앉아 잠깐 쉬다 갈 뿐 다들 가을이 되면 열매가 붉게 익은 나무로, 봄이 되면 봉우리가 망울망울 맺힌 가지로 내려가버립니다. 하기는 지긋이 앉아 떡갈나무와 나눌만한 얘깃거리도 딱히 없었습니다.

떡갈나무도 다른 나무에 빠지지 않을 정도로 아름다운 시절이 있었습니다. 낭창낭창한 가지에 매달린 은빛 잎들이 산들바람이 불 때마다 반짝거리며 춤을 추기도 했는데 말이죠. 어차피 다 옛날 일이지만. 나이를 먹어가면서 나무는 점점 까다로워졌습니다. 어느 새 부드러움은 사라지고 나뭇잎도 거무스름하게 어두운 빛을 띱니다. 그렇게 몸이 커지면서 말수도 줄어들었습니다. 나무가 투덜거렸습니다.

"다른 나무는 저렇게 예쁜 꽃이 피잖아. 왜 나만 꽃이 안 피지? 아름다운 새랑 나비도 날마다 다른 나무한테만 날아가고, 어째서 아무도 내게 오지 않는 거지."

괴팍한 떡갈나무는 바람이 조금만 불어도 불같이 화를 내며 못마땅한 얼굴로 소리를 질렀습니다.

"그렇게 화낼 것 없잖아."

바람이 반쯤은 놀리듯이 툭 치고 지나갑니다. 남쪽에서 불어오는 바람은 다정해서 모든 나무와 풀에게 친절하고 부드럽게 대하지만, 북쪽에서 불어오는 바람은 다릅니다. 작든 크든 차갑고 인정머리가 없어서 아주 매서웠습니다.

그럴 만도 한데 남쪽 바람은 감람나무 숲을 빠져나와 향기로운 꽃밭을 몇 군데나 지나쳐 옵니다. 그런 남쪽 바람하고 다르게 북쪽 바람은 사나운 파도 위를 지나 높고 가파른 산꼭대기와 골짜기에 쌓여 있는 눈밭을 스쳐오니 성깔이 사나울 수밖에 없습니다. 외로운 떡갈나무를 달래주기는커녕 오히려 놀리고 때리고 뒤흔드는 것도 언제나 북쪽 바람이었습니다.

"무슨 짓이냐,

꺾일 성싶으냐.

저런 연약한 나무나 풀하고

나는 다르다.

찢어지거나 꺾이지 않는다!"

떡갈나무는 바람에 맞서 이렇게 외쳤습니다.

그러나 바람이 없는 날에 외로운 떡갈나무는 힘없이 고개를 떨구고 있습니다. 피곤하고 졸린 듯 말없이 침울하게 서 있는 모습은 몹시도 쓸쓸해 보입니다.

밤이 되면 별이 구름 사이로 풀과 나무를 비춥니다. 그곳은 보라색 꽃과 붉고 노란 꽃들이 피어 있는 꽃밭이었습니다. 나비와 꿀벌들은 그 꽃잎 위에 눕거나 나뭇잎 그늘에 숨어 평화롭게 자는데, 떡갈나무만이 언제나 그렇듯 혼자 쓸쓸히 잡니다.

늘 외롭고 불평만 하는 떡갈나무가 안쓰러워 보였을까요. 별이 눈물을 머금은 다정한 눈빛으로 거무스름하게 우거진 나무를 비춰줍니다.

"저렇게 화려하게 핀 꽃은 금세 시들어버리거든. 그럼 외로운 떡갈나무가 행복하고, 가을이면 말라버리는 풀꽃들이 불행한 게 아닐까?"

별은 이렇게 혼잣말을 했습니다.

어느 해 봄이 지나갈 무렵이었습니다. 어디선가 사랑스러운 새들이 날아와 늙은 떡갈나무에 둥지를 틀었습니다. 지금껏 한 번도 없던 일입니다. 가까운 산이나 벌판을 날아다니던 작은 새들이 가끔 앉았다 간 적은 있지만, 먼 곳에서 온 아름다운 새들이 둥지를 튼 기억은 없습니다.

고독한 나무는 얼마나 기뻤을까요.

"그래, 나라고 누구한테 관심받지 말라는 법 없지. 이렇게 사랑스러운 새가 내 가지에 멋진 둥지를 지었잖아."

떡갈나무는 자랑스러운 얼굴로 넓은 들판 먼 곳까지 내다봤습니다.

먼 곳에서 온 작은 새는 이 근처에 사는 작은 새들에는 견줄 수 없을 만큼 아름다웠습니다. 붉은 색에, 짙은 갈색, 보라색, 흰 색 깃털이 어우러진 색다른 옷을 입었습니다. 그리고 말도 많았습니다.

"엄마, 여기 좋아요. 그죠?"

"그래, 좋은 곳이네. 이제부터 날마다 신기한 구경하게 해줄게."

"와, 신난다. 진짜 좋아요."

아기 새는 기쁨에 겨워 소리를 질렀습니다.

나뭇가지에 둥지를 짓고 나서, 엄마 새와 아빠 새는 아기 새를 데리고 다녔습니다. 어느 날은 새파란 하늘을 날아 바다로 갔고, 어느 날은 산 너머 도시로 가기도 했습니다. 저녁이 되면 즐거운 듯 지저귀며 돌아왔습니다.

떡갈나무는 사랑스러운 새들이 저녁에 무사히 돌아오기만을 기다렸습니다. 새들이 없는 낮 시간이 지루해서 견디기 힘들었습니다. 들판 가운데 빽빽하게 우거진 떡갈나무는 가지가 하늘 높이까지 뻗어 있어서 어디에서든 잘 보입니다. 새들이 자기를 향해 아득한 구름 저편에서 날아온다고 생각하자 나무는 더욱더 발돋움을 하며 붉게 물든 저녁볕 속에 서 있었습니다.

과묵한 나무는 나이를 이렇게 먹었는데도 매사가 지나치게 조심스러워 남쪽에 관해 궁금한 점이 많으면서도 새들에게 직접 물어본 적이 없습니다. 밤에 돌아오면 물어보자 마음먹고는, 그때가 되면 또 생각이 바뀝니다.

"엄마, 오늘은 멀리 갔다 와서 피곤해요."

"아빠는 계속 멀리 가자고 했지만, 우리 아기들 힘들어서 엄마가 싫다고 했어."

"엄마, 내일 아침 일찍 또 나가요."

"그래, 얼른 자."

나무는 새들이 나누는 이야기를 들으며 다음 기회가 올 때까지 기다려야겠다고 생각했습니다.

하루는 아기 새가 엄마 새에게 물었습니다.

"엄마, 우리 계속 여기서 살 거에요?"

고독한 떡갈나무는 이때 숨도 쉬지 못하고 귀를 기울였습니다.

"그래, 여기가 그렇게 마음에 든다면 계속 있자."

그 말을 듣고 기뻐한 쪽은 아기 새보다 오히려 늙은 떡갈나무였습니다.

'아, 무슨 이야기든 지금 물어볼 필요는 없겠다. 겨울에 쓸쓸해지면 그때 천천히 남쪽 이야기를 물어보자.'

떡갈나무는 생각했습니다.

눈부시고 희망이 가득한 여름은 제법 길었습니다. 어느덧 이제는 가을입니다.

늙은 떡갈나무는 벌써 서리 때문에 알록달록 물든 주위의 여러 나뭇잎들을 봤습니다. 발밑에 풀들이 말라가는 모습도 봤습니다. 그렇지만 그런 일은 해마다 벌어집니다.

어느 날 아침 햇살 속으로 날개를 반짝이며 푸른 하늘 높이 날아오른 새들이 태양이 서쪽에 잠길 때까지 돌아오지 않았습니다.

"무슨 일이지?"

떡갈나무는 궁금했습니다.

떡갈나무는 새들을 걱정하느라 그날 뜬눈으로 밤을 새웠습니다. 추운 북쪽 바람이 자꾸 시비를 걸기도 했고요.

아아, 다시 길고 우울한 겨울입니다. 늙은 떡갈나무와 북쪽 바람과 눈 사이에 싸움이 시작됐습니다. 그리고 떡갈나무는 외로웠습니다.

*1924. 11.

푸른 단추

초등학교 때 이야기입니다. 마사오네 반에 어느 날 낯선 여자아이가 전학을 왔습니다.

"여러분, 오늘부터 우리 반에 새로운 친구가 왔어요. 앞으로 모두 사이좋게 지내도록."

선생님의 말씀에 아이들은 눈을 반짝거렸습니다.

낯선 아이가 새로 전학 온 사실이 모든 아이들을 이상야릇한 기분에 휩싸이게 했습니다. 마사오도 그렇지만 다른 아이들도 먼 곳에서 온 아이가 왠지 모르게 조금은 꺼려지는 듯하면서 또 빨리 친해져 같이 놀고 싶기도 했나 봅니다.

다른 도시에서 온 사람, 낯설고도 먼 곳에서 온 친구를 동경하는 마음이 아이들 가슴속에 일어났습니다. 처음 이삼 일은 그 여자아이에게 딱히 친하게 굴지도 않았지만, 모여서 흉보는 일 따위도 없었습니다.

그런데 점점 시간이 흐르자 거꾸로 늘 혼자 있는 여자아이를 다 같이 헐뜯거나 일부러 따돌리는 일에 재미를 붙이기 시작했습니다. 여자아이의 성은 미즈노지만 얼굴 생김새가 여우를 좀 닮아 다들 그 아이를 '여우'라는 별명으로 불렀습니다.

쉬는 시간이면 우르르 몰려와 여자아이를 에워싼 채 여우라고 부르며 마구 놀려댔습니다.

그 '여우'는 지기 싫어하는 당찬 아이였지만, 상대가 너무 많은 데다 낯선 동네 낯선 학교였습니다. 잔뜩 웅크린 채 잠자코 있다가 참기 힘들어지면 결국 울음을 터뜨렸습니다. 그러나 수업을 시작할 때면 울음을 그치고 앉아 있었기 때문에, 선생님은 반에서 무슨 일이 일어나는지 전혀 몰랐습니다.

어느 날 마사오네 집에 처음 보는 아주머니가 찾아왔습니다.

"우리 딸아이가 이 댁 아드님하고 같은 반 친구라네요. 다름이 아니라 오늘 부탁 좀 드릴까 해서요. 요즘 학교에서 아이들이 자꾸 우리 애한테 여우라고 놀리나 봐요. 애가 학교 가기를 너무 싫어해요. 그래서……반 애들이 우리 애를 놀리지 않게 아드님한테 부탁 좀 할까 해서요……."

마사오네 집은 여우네 집에서 그다지 멀지 않았습니다. 그 아이 어머니가 그래서 마사오네로 온 모양이었습니다.

마사오도 반에서 그 여자애를 놀려대던 무리 중 하나였습니다. 그 애를 괴롭히거나 뒤에서 흉보지 않고 잠자코 있는 아이도 많았습니다. 마사오는 부끄러워 견딜 수가 없었습니다.

"정말 죄송해요. 나중에 우리 애한테 알아듣게 잘 말해놓을게
요……."

마사오 어머니가 조용한 목소리로 대답했습니다.

여자애 어머니가 돌아간 뒤 마사오는 꾸지람을 들었습니다. 어
머니는 자기보다 약한 사람을 여럿이 괴롭히는 짓은 비겁하다고
했습니다.

이튿날부터 학교에서 아이들이 여우라고 여자애를 놀릴 때마
다 마사오는 씩씩하게 말했습니다.

"약한 여자애를 괴롭히는 짓은 비겁한 짓이야. 그만둬."

대부분은 마사오의 말을 듣고 고개를 끄덕였지만, 그새 여우
편이라도 된 거냐며 낄낄거리는 녀석들도 있었습니다.

어쨌든 미즈노를 '여우'라고 놀리는 아이들이 차츰 사라졌습니
다. 잊고 지내던 일이 생각난 듯 얌전히 놀고 있는 미즈노에게 가
서 여우라고 놀리는 아이들이 가끔 있었지만, 미즈노는 이제 가만
히 당하고 있지 않았습니다. 어느새 보면 놀린 아이가 오히려 미즈
노에게 쫓겨 다녔습니다.

마사오는 미즈노하고 점점 친해졌습니다. 마사오 덕에 자기를
괴롭히는 아이들이 없어지자 미즈노는 무척 기뻤습니다. 마사오는
미즈노에게 집에 꼭 놀러오라는 초대도 받았습니다.

그러던 어느 날 마사오가 미즈노네 집에 놀러갔습니다. 미즈노
어머니는 마사오에게 고맙다고 몇 번이나 말했습니다. 마사오가
몹시 다정하고 착하다며 접시에 맛있는 과자도 담아줬습니다.

미즈노 아버지는 예전에 돌아가셨습니다. 미즈노는 어머니와

단 둘이 살았습니다. 미즈노는 그림책을 보여주거나, 인형을 들고 와 자랑했습니다. 그림책을 펼쳐놓고 한참 놀다가 그마저도 지겨워질 때였습니다.

"이 상자에 내가 진짜 아끼는 게 있어. 푸른 돌로 만든 단추인데, 돌아가신 아버지가 주신 거야. 이걸 너한테 줄게."

미즈노가 마키에 장식이 들어간 향 상자 뚜껑을 열었습니다. 그리고 단추 세 개를 꺼내 마사오의 손에 건네줬습니다.

마사오는 단추를 얼굴 가까이 대고 천천히 살펴봤습니다. 푸른빛이 감도는 아주 예쁜 단추였습니다.

"엄마한테 안 물어봐도 돼? 네 마음대로 줬다가 나중에 혼나면 어떡해?"

"내 거니까 괜찮아."

미즈노는 빙그레 웃었습니다.

마사오는 단추 세 개를 손에 꼭 쥐고 집으로 돌아왔습니다.

학교에서는 집에서 놀 때처럼 서로 친하게 지내지 못했습니다. 아이들이 뭐라고 떠들지 생각하니 차마 그럴 수 없었습니다.

새해가 됐습니다. 열흘 쯤 쉬고 다시 학교에 갔는데, 무슨 일인지 미즈노가 보이지 않았습니다. 무슨 일이지? 감기라도 걸렸나? 마사오는 빈자리를 말없이 쳐다봤습니다.

어느 날 선생님이 아이들에게 말했습니다.

"미즈노가 먼 동네로 이사를 가서 학교를 그만뒀으니 한 칸씩 앞으로 앉아 빈자리를 채워주세요."

마사오는 그제야 이유를 알고 깜짝 놀랐습니다.

'어디로 이사 갔을까?'

미즈노를 생각하니 말할 수 없이 서운한 감정이 들었습니다.

마사오는 미즈노가 준 단추 세 개를 꺼내 바라봤습니다. 처음에는 잘 모르던 사람도 단추를 제대로 살펴본 뒤에는 예쁘다며 감탄했습니다.

어느덧 봄입니다. 하늘은 물감을 뿌려놓은 듯 파랗고, 작은 새들은 잇따라 지저귀며, 여기저기서 꽃들이 피어났습니다. 마사오는 이런 풍경을 바라볼 때마다 미즈노를 떠올렸습니다.

미즈노가 처음 학교에 온 때는 입을 뾰로통하게 내밀고 있는 데다 머리도 이상하게 묶고 다녀 꼭 여우 같다고 느꼈지, 좀 지내다보니 그렇지 않았는데, 촉촉하고 부드러운 눈빛은 봄 하늘하고 비슷한 느낌이었지. 마사오는 이런 생각을 하면서 우두커니 서 있었습니다.

'왜 말도 없이 갔을까? 편지도 쓸 수 없나? 먼 곳이라니, 도대체 어디쯤일까……'

단추 세 개만 마사오의 손에 남아 있습니다. 마사오는 단추들을 실로 이어서 가지고 놀았습니다. 단추의 푸른색은 물빛처럼 또 하늘빛처럼도 보였고 때로는 바다 빛깔로 보이기도 했습니다. 햇빛에 따라 단추 빛깔이 더욱 화려해 보이기도 했습니다. 단추를 본 사람은 누구나 멈춰 서서 가만히 쳐다봤습니다. 어떤 사람은 가다가 되돌아보기도 했고, 마사오를 아는 사람들은 단추가 예쁘다며 잠깐만 보여 달라 하고는 자기 손바닥 위에 올려놓고 한참 들여다보기도 했습니다.

사람들은 돌로 만든 단추인지 조개로 만든 단추인지도 쉽게 구별하지 못했습니다.

"이 단추 하나만 주라."

많은 이들이 부탁했지만, 단추를 주고 나면 미즈노하고 함께 보낸 시간까지 멀어져버릴 듯해 고개를 가로저었습니다.

"먼저 단추를 준 여자애가 어디 사는지 찾은 다음에. 그 애한테 물어봐야 돼. 걔도 돌아가신 아버지한테 받아서 되게 아끼던 단추야. 그런 소중한 걸 나한테 줬으니까……."

"지금까지 아무 소식이 없는데 그 여자애 집을 어떻게 찾아?"

모두 그렇게 말할 때 마사오는 파랗게 갠 넓은 하늘을 바라봤습니다.

'틀림없이 이 하늘 아래 어딘가에서 어머니랑 둘이 살고 있을 거야…….'

그런 생각이 들자 슬픔과 그리움이 가슴속에서 끝없이 커져갔습니다.

어느 날 이웃에 사는 키 크고 얼굴이 가무잡잡한 남자가 마사오에게 말했습니다.

"도련님, 부디 제게 그 단추 하나만 주세요. 시계 고리에 걸고 다닐게요. 저는 기차를 타고 여기저기 다니는 게 일이랍니다. 그러다 어디에서 그 아가씨가 제가 탄 기차를 타면 제 가슴에 매달린 푸른 단추를 보지 않겠어요? 그럼 왜 이 단추를 달고 있냐고 물어볼지도 몰라요. 제가 타는 기차는 몇 백 킬로미터나 떨어진 먼 곳까지 가거든요. 그러면서 셀 수 없이 많은 역을 지나가니까……."

기차를 타고 다닌다는 젊은이의 말을 듣고, 마사오는 정말 그럴 수도 있다고 생각했습니다. 그래서 미즈노가 사는 곳을 알면 바로 알려주기로 약속하고, 푸른 단추 하나를 줬습니다.

또 어느 날이었습니다. 마사오가 집 앞에서 놀고 있는데 금붕어 장수가 지나갔습니다. 금붕어 장수는 아이들을 보자 금붕어가 들어 있는 통을 땅에 내려놓았습니다. 아이들이 모두 모여들어 금붕어를 구경했습니다. 꼬리가 긴 금붕어, 둥근 금붕어, 검정과 금색 무늬가 얼룩져 있는 금붕어까지 갖가지 금붕어가 지느러미를 흔들며 헤엄쳤습니다.

그때 마사오가 갖고 있는 푸른 단추를 본 금붕어 장수가 눈이 동그래졌습니다.

"도련님, 예쁜 금붕어를 드릴 테니 그 단추를 하나 주실래요?"

마사오는 금붕어 장수에게 푸른 단추에 얽힌 이야기를 들려줬습니다. 그러자 금붕어 장수는 말했습니다.

"도련님, 보다시피 저는 곳곳을 떠돌아다닙니다. 동네가 작든 크든 가리지 않고 봄부터 여름까지 어디든 찾아가요. 방방곡곡 안 가는 데가 없죠. 도련님이 들고 계신 그 푸른 단추를 제가 쓰고 있는 삿갓 끈에 묶어두면, 언젠가 그 아가씨가 금붕어를 사려다가 보고 어디에서 났냐고 물어보지 않을까요?"

마사오는 고민했습니다. 금붕어 장수 말대로 정말 그럴 수도 있겠다는 생각이 들었습니다. 그래서 푸른 단추 하나를 금붕어 장수에게 줬습니다. 금붕어 장수는 마사오가 필요 없다고 하는데도 금붕어 세 마리를 주고 떠났습니다.

푸른 단추는 이제 하나 남았습니다. 마사오는 이 단추만은 꼭 갖고 있어야겠다고 결심했습니다. '얼마나 기다려야 그 아저씨가 기차역에서 또는 기차 안에서 미즈노를 만날까? 금붕어 장수는 언제쯤 미즈노가 사는 마을에 다다를까?'

넓적한 어항 안에서 세 마리 금붕어가 느릿하게 헤엄칩니다. 푸른 단추 하나를 머리맡에 두고 잠든 밤, 마사오는 꿈에서 붉은 지붕이 즐비하게 늘어선 항구 풍경을 봤습니다.

*1924. 10.

은바늘 한 개

오누이는 바닷가 모래벌판에서 늘 사이좋게 놀았습니다.

할아버지는 이 근처에서 '바다의 왕'이라고 하면 모를 사람이 없을 정도로 이름난 뱃사람이었습니다. 한평생을 거의 바다에서 지내며 재미있고 힘든 여러 일들을 겪었지만, 어느새 나이가 들어 배 타는 일은 그만뒀습니다.

할아버지에게는 아들이 하나 있었습니다. 아들도 할아버지처럼 뱃사람이었습니다. 어느 날 아들은 할아버지와 아내, 두 아이를 집에 남겨놓고 먼바다로 나갔습니다.

하필 그날 밤 사나운 태풍이 몰아쳐 바다가 마치 소용돌이치듯 험악해졌습니다. 가족들은 뜬눈으로 밤을 지새웠습니다. 제발 별일 없기를 바라며 애타게 기다렸지만 결국 바다에 나간 아들은 돌아오지 못했습니다. 할아버지는 태풍에 배가 뒤집혀 아들이 죽은

모양이라고 생각하면서도 몹시 슬퍼하는 며느리와 손주들을 위해
말했습니다.

"태풍을 피해 어딘가에 있을지도 모른다. 이삼 일 더 기다려 보
자꾸나."

사람이란 아무리 큰 불행을 겪어도 시간이 지나면 점점 잊어버
리기 마련이니까요.

이틀이 지나고 사흘이 지나도 아들이 탄 배는 돌아오지 않았
습니다. 어느 날 바닷가로 그 배의 파편이 떠밀려 왔습니다. 할아버
지의 마음은 얼마나 슬펐을까요? 할아버지만이 아니었습니다. 슬
픔을 못 이겨 병까지 얻은 며느리는 시름시름 앓더니 끝내 자리에
서 일어나지 못했습니다.

아버지와 어머니를 모두 잃은 두 아이는 그때부터 쭉 할아버
지 손에서 자랐습니다. 바다에서 불어오는 바람이 덜컹덜컹 창문을
두드리면 할아버지는 혹시 아들 녀석이 살아 돌아온 건가 하고 귀
를 기울였습니다. 또 밤중에 파도 소리가 흐느껴 울듯이 희미하게
들려오면 먼저 간 며느리를 생각했습니다. 그래도 할아버지는 아이
들을 예뻐하며 열심히 키웠습니다.

오누이가 바닷가 모래벌판에서 사이좋게 하얗고 노랗게 핀 꽃
들을 따며 노는 사이에 시간이 훌쩍 흘러갔습니다.

부모는 세상에 없었지만 아이들은 할아버지의 사랑을 받으며
행복하게 컸습니다.

오빠는 자랄수록 할아버지처럼 배를 타고 싶어했습니다. 할아
버지는 소중한 아들이 바다에서 죽은 탓에 손자는 배에 태우고 싶

지 않았습니다.

사람들이 할아버지를 '바다의 왕'이라고 부른 이야기를 듣고, 오빠는 자기도 꼭 뱃사람이 되겠다고 다짐했습니다.

"할아버지한테 말해서 꼭 배를 타고 싶어."

어느 날 오빠가 누이동생에게 말했습니다.

"오빠가 바다에 나가면 나 혼자 얼마나 쓸쓸할까."

누이의 눈에 벌써 눈물이 맺혔습니다.

누이에게 무척 다정한 오빠는 위로하듯이 말했습니다.

"먼바다 저쪽에 신기한 섬이 있대. 거기에 가면 여러 가지 신기한 물건이 많다니까 선물로 갖고 올게."

누이는 할아버지에게 신기한 섬 이야기를 들은 적이 있습니다. 바닷속에 사는 짐승의 엄니, 황금빛 새알, 향수를 만드는 풀, 밤이 되면 아름다운 소리로 노래하는 조개 따위가 그 섬에 있다고 했습니다.

"오빠, 그럼 황금빛 새알이랑 밤에 노래하는 조개를 갖다 줘."

닭이 황금알을 따뜻하게 품으면 아름다운 새가 된다고 생각한 때문이었습니다.

"알았어. 잊지 않고 가져올 테니, 너도 내가 바다에 나갈 수 있게 할아버지한테 얘기 좀 잘 해줘."

누이는 오빠 말에 고개를 끄덕였습니다. 그래서 오빠가 할아버지에게 뱃사람이 되고 싶다고 말할 때 누이도 옆에서 함께 부탁했습니다.

할아버지도 바로 허락하지는 않았습니다.

"마을 사람들 모두 할아버지를 바다의 왕이라고 했어요. 나도 할아버지처럼 되고 싶어요."

"네가 그런 마음을 먹었다니 기쁘구나. 그렇지만 태풍을 만나 배가 부서지기라도 하면 그때는 돌이킬 수가 없어."

한숨을 내쉬었지만, 할아버지는 결국 손자가 하는 부탁을 들어줬습니다.

—

드디어 배를 탈 날이 정해지자 할아버지는 늦은 밤까지 자지 않고 돛을 손질했습니다. 거센 바람이 불어도 찢어지지 않게, 비와 파도에 젖거나 망가지지 않게 정성껏 매만졌습니다.

누이는 오빠가 부탁해서 함께 할아버지를 설득하기는 했지만, 걱정되어 견딜 수가 없었습니다.

'부디 오빠가 무사히 다녀오게 해주세요.'

그 날도 누이는 오라비를 걱정하며 터벅터벅 길을 걸었습니다. 한적한 곳에 개울물이 졸졸 흘러갑니다. 좁은 다리가 놓인 데까지 갔을 때, 그 앞에서 혼자 다리를 건너지 못해 이러지도 저러지도 못하고 서 있는 할머니를 봤습니다. 지나가는 사람이 아무도 없어서 꽤 오랫동안 다리 앞에 서있었던 모양입니다.

할머니가 몹시 딱해 보였습니다. 손이라도 잡고 함께 다리를 건너야겠다고 생각해 누이가 곁에 가보니 앞을 못 보는 할머니였습니다.

누이는 깜짝 놀랐습니다. 눈도 안 보이는데 어떻게 여기까지 혼자 오셨을까?

"할머니, 얼마나 힘드셨어요? 제가 손 잡아드릴게요."

누이가 말했습니다.

그러자 할머니는 당연히 그래야 한다는 투로 대답했습니다.

"나를 업고 건너가."

누이는 속으로 참 뻔뻔한 할머니도 다 있다고 생각했습니다. 게다가 자기가 업고 가면 위험해서 다리를 건너기가 더 힘들 것 같았습니다.

"제가 손을 잡아드릴게요."

"아니, 업고 가."

할머니는 고개를 저었습니다.

하는 수 없이 누이는 끙끙거리며 할머니를 업었습니다. 비틀비틀 힘겹게 다리를 다 건너자, 앞 못 보는 할머니는 하얗게 센 머리칼을 더듬거리더니 은바늘 한 개를 찾아 꺼냈습니다.

"이건 어떤 소원도 다 들어주는 신기한 바늘이야. 너한테 줄게. 절대로 남에게 함부로 주거나 보이면 안 돼."

누이는 기뻐하며 집으로 돌아왔습니다. 그날 밤 할아버지가 돛을 꿰맬 때 누이도 옆에서 바느질을 도왔습니다. 오빠가 별일 없이 돌아오기를 빌면서 할머니가 준 은바늘을 바삐 움직였습니다. 가늘어서 두꺼운 천을 깁기 어려울 줄 알았는데 은바늘은 쑥쑥 잘 들어갔습니다. 신기한 바늘이니까 할아버지하고 누이가 만든 돛은 비바람이 몰아쳐도 결코 망가지지 않을 겁니다.

새하얀 돛을 다 만들어 배에 달았습니다. 어느 날 아침, 오빠는 누이와 할아버지가 지켜보는 가운데 배를 타고 먼 바다로 나갔습니다.

바다 한가운데로 나아갈수록 눈앞에 엄청난 풍경이 펼쳐졌습니다. 흰 파도는 이제껏 자기들끼리 신나게 놀던 곳에 새하얀 돛을 단 배가 끼어들자 흠칫 놀랐습니다.

"이곳은 우리들 세상이야. 그런데 우리보다 더 하얗고 큰 놈이 감히 우리 머리를 태평하게 밟고 지나가다니. 괘씸하네."

파도가 소란을 떨었습니다.

파도가 제아무리 떠들어대도 오빠가 모는 배는 끄떡없습니다. 옛날 바다의 왕이라고 불린 할아버지의 손자가 탄 배입니다. 배는 파도를 타고 좀더 멀리 나아갔습니다.

'저쪽 섬에 가서 황금알과 밤이 되면 노래하는 조개를 주워 동생한테 갖다줘야지. 이 항해를 잘 끝내면 나도 훌륭한 뱃사람이 된다. 언젠가는 할아버지의 뒤를 잇는 바다의 왕이 될 거야.'

파도가 아무리 아우성쳐도 헛수고였습니다. 그때 하늘로 바람이 지나갔습니다. 파도는 여느 때 바람하고 그다지 사이좋게 지내지는 않지만 이런 때는 힘을 합쳐야 한다고 생각했습니다. 달려가는 바람을 불러 세우고 파도가 외쳤습니다.

"저런 쬐끄만 배 주제에 우리 세상을 마음대로 휘젓고 다니다니, 건방지지 않나요? 바닷속에 아주 처박아버리죠. 내 힘만 갖고는 모자라니 좀 도와주세요."

바람은 파도가 모처럼 하는 부탁을 싫다고 할 수 없었습니다. 게다가 한번 날뛰어보고 싶던 참이기도 했습니다.

"좋았어. 어디 크게 한판 놀아보자!"

바람은 으르렁거리며 흰 돛단배를 향해 거침없이 달려들었습니다. 작은 배는 나뭇잎처럼 바람과 파도가 가지고 노는 대로 춤을 췄습니다.

오빠는 할아버지도 오래전에 이런 일을 겪은 적이 있다는 사실을 떠올렸습니다. 할아버지는 거센 파도에 맞서 힘껏 싸웠습니다. 아버지도 이런 파도에 맞서 싸우다가 배가 뒤집히는 바람에 세상을 떠났습니다. 지금이야말로 내 힘을 시험해볼 때라 생각한 오빠는 사나운 파도와 바람에 맞서 힘껏 싸웠습니다.

그러나 바람의 힘을 얻은 파도는 더더욱 높이 솟구쳤습니다. 흰 돛을 집어삼킬 듯 끝없이 치솟아 올랐습니다.

어렵게 여기까지 왔는데 신기한 섬에 가보지도 못하고 덧없이 물귀신이 되는구나 생각하며 오빠는 억울해했습니다. 바위 위에 새까맣게 내려앉던 새떼가 성난 파도에 쫓겨 폭풍이 몰아치는 하늘로 날아오르며 쉴 새 없이 울어댑니다. 어느새 날이 저물었습니다.

밤이 돼도 바람은 가라앉지 않았습니다. 파도는 배를 어서 바닷속에 처박아야 한다며 사방에서 밀려왔습니다. 오빠는 할아버지와 누이의 얼굴을 떠올렸습니다.

할아버지가 만들어준 돛은 사나운 바람에도 찢어지지 않았습니다. 오빠는 모든 것을 하늘에 맡긴 채 바람이 부는 대로 배가 흘러가게 내버려뒀습니다.

달이 마치 먹구름을 뚫고 나오듯 비쳤습니다. 달빛이 바다 구석구석까지 어슴푸레 물듭니다. 그때 흰 돛 끝에서 이상한 빛이 뿜어져 나왔습니다. 두 손으로 머리를 감싸쥔 채 배 안에 앉아 있는 오빠는 그 빛이 무엇인지 알 길이 없지만, 눈치 빠른 바람은 금세 알아봤습니다. 오빠가 무사히 돌아오기를 기도하며 누이가 아무도 모르게 은바늘을 꽂아둔 곳에 달빛이 쏟아졌습니다.

바람은 그 빛을 보고 숨을 죽였습니다. 그 빛 가운데에 무서운 장님 할머니가 가만히 앉아 있었기 때문입니다.

장님 할머니는 북극 얼음 위에 사는 할머니였습니다. 파도나 바람도 그곳에 가려면 할머니의 신경을 거슬러서는 안 됩니다. 자칫하면 숨통이 끊어지거나 순식간에 얼어버리는 수가 있습니다.

태풍은 할머니를 보자마자 하던 짓을 멈추고 슬금슬금 내빼기 시작했습니다. 파도도 시치미를 뚝 떼고 딴청을 부렸습니다. 이렇게 오빠는 신기한 섬을 찾아갈 수 있었습니다. 그리고 마침내 할아버지의 뒤를 잇는 바다의 왕이 됐습니다.

* 1927. 2.

머리를 떠난 모자

사부로는 길에서 강아지와 놀고 있었습니다. 그러다 문득 쓰고 있던 모자를 벗어 강아지한테 씌웠습니다.

바둑이는 갑자기 앞이 보이지 않자 놀라서 뒷걸음칩니다. 주인이 아끼는 모자를 더럽히거나 망가뜨릴까봐 조심스러워하는 듯했습니다.

"바둑아, 모자 쓰고 걸어봐. 알았지?"

이런 건 필요 없다고 대답하는 듯 바둑이는 꼬리를 살랑살랑 흔들며 모자를 떨어뜨렸습니다.

사부로는 바둑이가 싫어하는데도 따라가 억지로 모자를 씌웠습니다.

"이 모자, 너한테 줄게."

그러자 이번에는 바둑이가 아무 거리낌없이 모자를 다시 물고 신나게 뛰어갑니다.

"기다려, 바둑아. 기다려."

사부로가 쫓아갔습니다. 바둑이는 벌써 어디로 잽싸게 사라져 보이지 않았습니다.

모자를 왜 쳤을까 후회했지만 이제는 할 수 없습니다. 새로 얻은 모자 때문에 신나서 어쩔 줄 모르겠다는 듯 바둑이는 모자를 입에 물고 이리저리 뛰어다녔습니다.

아무리 기뻐해봤자 개한테 모자는 쓸모없는 물건입니다. 바둑이는 모자를 물고 놀다가 난데없이 달려가는 들쥐를 봤습니다. 모자는 내팽개치고 들쥐를 쫓기 시작합니다.

들쥐는 바둑이보다 훨씬 영리했습니다. 작은 몸이 나무 그루터기 근처에 재빨리 숨나 싶더니 어느새 흔적도 없이 사라졌습니다.

'이 녀석, 어디에 숨었을까?'

이쪽저쪽 나무 밑이나 풀숲을 샅샅이 뒤져도 들쥐는 나오지 않았습니다. 바둑이는 결국 포기하고 따분한 표정으로 집에 돌아갔습니다.

길가에 아이 모자가 떨어져 있습니다. 모자를 쓰지 않은 한 남자가 지나가다 마침 땅에 떨어진 모자를 봤습니다.

"이런 곳에 애 모자가 있네. 친구들끼리 싸우다가 떨어뜨렸나?"

모자를 주워 올렸습니다.

"애들 건데 나한테는 안 맞겠지."

모자를 써봤습니다. 반 정도 들어갑니다. 남자는 아이 모자를 쓰고 길을 걸어갔습니다.

남자는 들판 가운데 서 있는 전봇대 위에서 작업을 했습니다. 고장 난 전봇대를 고치는 일입니다. 그런데 고개를 숙일 때마다 자꾸 모자가 떨어질 듯해 신경이 쓰였습니다. 남자는 모자를 벗어 전봇대 꼭대기에 걸어뒀습니다.

담배 한 대를 피우고 싶었지만 일이 끝날 때까지는 꾹 참아야 했습니다. 드디어 일이 끝나고 전봇대를 내려오자마자 남자는 담배부터 꺼냈습니다. 모자는 까맣게 잊은 채 뻐끔뻐끔 연기를 내뿜었습니다.

조금 뒤 전봇대 위에 걸어놓은 모자가 생각났지만, 별 쓸모도 없는 모자를 가지러 다시 올라가고 싶지는 않았습니다.

'바람이 불면 알아서 날아가겠지…….'

남자는 그 정도까지만 생각했습니다.

전봇대는 한 번도 써본 적 없는 모자를 머리에 쓰고 어쩔 줄 몰라했습니다. 손이 없으니 스스로 벗을 수도 없습니다. 늘 먼 곳을 내다보며 풍경을 즐겼는데, 지금은 장님처럼 앞이 깜깜합니다.

"왜 나한테 이런 걸 씌웠지? 모자를 쓰고 싶어하는 사람은 나 말고 얼마든지 있을 텐데……."

전봇대는 쓸데없는 짓을 했다고 툴툴거리며 화를 냈습니다.

"누가 이 성가신 걸 좀 치워주면 좋겠는데."

전봇대가 혼자 외쳤지만, 지나가던 바람 말고는 들어주는 이가 아무도 없습니다.

"바람 님, 바람 님. 좀 도와주세요. 머리 위에 있는 이 훼방꾼을 바람 님 힘으로 치울 수 없을까요?"

"글쎄요. 한번 해보죠, 뭐."

바람은 전봇대 머리에 걸려 있는 모자를 벗기려고 애를 썼습니다. 그렇지만 너무 꼭 끼어 있어 생각대로 되지 않았습니다.

전깃줄에 앉아 있던 수다쟁이 참새가 이상한 걸 쓰고 쩔쩔매는 전봇대를 보더니 찍찍거리며 웃었습니다.

그날 밤 달이 불쌍한 전봇대를 위로했습니다.

"조금만 더 참아."

어느 날 하늘에서 바람을 가르는 날갯짓 소리가 날카롭게 울려 퍼졌습니다. 전봇대는 생각했습니다. '이제 가을이니 머리 위로 새들이 많이 지나갈 때기는 한데 이렇게 힘찬 날갯짓 소리는 들어본 적이 없어. 무슨 새일까? '

그 새는 바로 독수리였습니다. 빛나는 눈으로 아래를 내려다보며 날아가던 독수리가 전봇대 머리에 걸린 모자를 발견했습니다. 휘이 하늘을 가르며 내려온 독수리가 눈 깜짝할 사이에 모자를 낚아챕니다. 전봇대는 정말 생각지도 못한 일이었습니다. 이제야 비로소 아침이 된 듯했습니다.

사부로도, 바둑이도, 수리공도, 전봇대도 그 뒤 모자가 어떻게 됐는지 알 수 없었습니다. 세상 곳곳을 돌아다니는 달만 그 사실을 알고 있을 뿐입니다. 모자는 숲속 독수리 둥지 안에 있었습니다. 모자 속에서 아기 독수리 세 마리가 따뜻한 듯이 머리를 내밀고 찍찍 울고 있었습니다.

*1977(첫 출간 연도).

다케의 가방

어린 다케의 눈에는 무엇이든 아름답게 보입니다. 자연은 아름답지 않은 것은 이 세상에 만들지 않기 때문입니다.

다케는 형처럼 책과 연필, 종이 같은 여러 가지 물건을 빨리 갖고 싶었습니다. 그중에서도 가방이 가장 갖고 싶었습니다. 몇 번이나 졸랐는지 모릅니다.

"엄마, 가방 사줘요."

아직 학교에 가지 않는 다케에게 가방이 무슨 필요가 있을까요? 가족들은 전혀 귀를 기울이지 않았습니다. 어린 다케는 어떻게 해서든 가방이 꼭 갖고 싶었습니다.

"나, 가방 사줘요."

다케는 끈질기게 졸랐습니다.

"내년에 유치원에 가면 사줄게."

엄마가 말했습니다.

그러자 옆에서 아빠가 거들었습니다.

"그렇게 갖고 싶어하는데, 작은 가방 하나 사줘요. 지금부터 학교에 가는 연습을 해도 괜찮겠지, 뭐."

드디어 다케에게 가방이 생겼습니다. 그런데 다케는 가방을 메고 학교에 가는 연습을 하지도 않았고, 가방에 책과 연필, 종이를 넣고 다니지도 않았습니다.

그저 날마다 어깨에 메고 뒤뚱뒤뚱 걸어 다녔습니다. 책이나 연필도 꼭 갖고 싶기는 했지만, 굳이 사지 않아도 더 좋은 것들이 주위에 널려 있었습니다. 그런 것들을 캐거나 주워서 가방에 넣으면 안 될 이유는 다케에게 하나도 없었습니다.

아빠와 엄마와 형 모두 가방 안에 책과 연필, 종이 같은 게 들어 있다고 생각합니다. 그런 생각이 다케는 이상하기도 하고 살짝 걱정이 되기도 했습니다.

도무지 뜻을 알 수 없는 노래를 부르고 걸어가는 다케 뒤로 검둥이가 졸졸 따라갑니다. 학교에 가는 아이들은 눈이 짓무르고 털이 지저분한 늙은 개를 거들떠보지도 않습니다. 그렇지만 다케에게는 그런 검둥이도 귀를 늘어뜨린 점박이 페스도 똑같이 친한 친구들입니다.

긴긴 여름 해가 아직 지지 않고 남아 있을 무렵이었습니다. 밖에서 지칠 때까지 놀다 들어온 다케가 가방을 아무렇게나 내팽개치고 그대로 누워 곯아떨어졌습니다.

"아이, 디리워. 손 좀 봐. 발도 흙투성이야."

놀란 누나가 수건으로 다케의 손과 발을 닦았습니다. 누나가 뭘 하든 다케는 죽은 듯이 잠들어 있습니다.

"엄마, 다케가 눈에서 진물 나는 지저분한 검둥이랑 놀아요."

밖에서 돌아온 형이 엄마에게 일렀습니다.

그래도 다케는 세상모르고 쿨쿨 잠만 잡니다. 그때 누나가 들여다보던 가방을 가족들 앞에 펼쳤습니다.

"이게 뭐야? 풀하고 돌멩이, 이런 걸 지금까지 가방에 넣고 다닌 거야? 엄마……."

"누나, 이건 히아신스 뿌리야. 이것도 가방에 넣고 다녔대? 이걸 대체 어디서 주웠지?"

형이 군데군데 흙이 묻은 알뿌리를 만지작거렸습니다.

"진짜 히아신스 뿌리다. 어디에서 주웠지?"

누나가 웃었습니다.

"나, 이거 화분에 심을래……."

형은 마당에서 흙을 퍼와 질그릇 화분에 넣더니 다케가 가방에 둔 채 까맣게 잊은 히아신스 뿌리를 묻어 햇볕이 잘 드는 처마 밑에 놓았습니다.

그 뒤로도 다케는 날마다 가방을 메고 밖에 놀러 나갔습니다. 때로는 검둥이와 페스가 다케의 가방을 물고 늘어지기도 했습니다. 붉은 꽃과 푸른 꽃, 향기로운 흰 꽃이 들어 있기도 하고, 어떤 때는 메뚜기나 잠자리가 들어가 있기도 했습니다. 여름이 가고 가을이 왔을 때 가방은 망가지고 어깨끈도 끊어졌습니다.

"엄마, 이 가방 버릴까요?"

누나가 물었습니다.

"아니, 아직. 끈만 고치면 메고 놀 수 있어."

엄마는 어깨끈을 고쳤습니다.

어느 날 저녁을 먹을 때 형이 말했습니다.

"요즘 검둥이가 안 보여요. 무슨 일이지? 혹시 개 잡는 사람한 테 끌려갔나?"

"그러고 보니 어제도 그저께도 보이지 않았어……."

모두 얼굴을 마주봤습니다. 그러나 다케는 엄마 무릎에서 벌써 잠들었습니다.

"목욕만 하면 금세 곯아떨어지니까 내일부터 밥을 더 빨리 먹 어야겠어……."

어머니는 감기에 걸리지 않게 담요를 덮어줬습니다.

"다케, 요즘 이해력이 제법 좋아졌어요."

누나가 말했습니다.

밖에 겨울바람이 휘휘 불더니 붉은 잎과 노란 잎들이 굴러다니 는 소리가 들립니다. 연말이 가까워지면서 이런 쓸쓸한 바람 소리 가 이따금 들려왔습니다. 까까중처럼 잎사귀 하나 안 붙어 있는 나 무와 풀이 이듬해 봄을 준비합니다.

"와, 히아신스가 싹을 틔웠네. 엄마, 봉우리가 맺혔어요."

이튿날 낮에 학교에서 돌아온 형이 히아신스 싹을 보고 소리 를 질렀습니다. 아직 해가 바뀌지도 않았는데, 다케의 히아신스에 게는 벌써 봄이 찾아왔나 봅니다.

* 1977(첫 출간 연도).

옛집에 돌아오는 길

아직 햇살이 눈부신 여름, 들판 위로 벌이 붕붕 날아다닙니다. 밭을 가로질러 저 언덕 너머로 가보려는 참인데 눈앞에 기차가 달려갑니다. 열린 창문으로 건너편 풍경이 보였습니다.

벌은 갑자기 모험을 해보고 싶었습니다.

'어디, 이쪽 창에서 저쪽 창으로 한번 날아가 볼까.'

벌이 창문 안으로 뛰어들었습니다. 그런데 열려 있는 줄 안 맞은편 창문이 유리로 꽉 막혀 있지 뭡니까? 정말 깨끗하게 닦여 있어 유리가 보이지 않았습니다.

'이거 큰일인데.'

그렇지만 어떻게 해볼 수가 없었습니다. 게다가 느릿느릿 가는 듯하던 기차는 들어와서 보니 매우 빠르게 달리고 있었습니다. 처음 들어온 창문이 어디인지 가늠도 안 됐습니다. 벌은 쓸데없는 짓을 했다고 후회했습니다.

다행히 기차에 탄 사람들은 꾸벅꾸벅 졸거나 서로 떠드느라 아무도 벌을 신경쓰지 않았습니다. 사람한테 가까이 다가가지만 않으면 괜찮겠지, 먼저 앉을 곳을 찾아야겠다, 조용히 있다가 기차가 다음 역에 가면 그때 빨리 빠져나가자고 벌은 생각했습니다.

마침 그물 선반 위에는 누가 여행지에서 가져온 파란 사과와 적갈색 포도가 바구니에 담겨 있었습니다. 벌은 곧장 과일이 뿜어내는 달콤한 향기를 쫓아갔습니다.

"아, 맛있게 생긴 포도다."

벌이 포도 위에 앉으며 속삭였습니다.

"당연한 말씀을, 밭에서 나온 지 얼마 안 됐어요. 어제 낮에만 해도 밭에서 높은 산기슭 위로 흘러가는 구름을 보고 있었는데."

포도가 대꾸했습니다.

벌은 포도하고 이런저런 이야기를 나눴습니다. 북쪽에서 태어났다는 사과하고도 한참 수다를 떨었습니다. 그사이 기차는 늘 다니던 역을 지나쳐 갔습니다. 시간이 얼마나 흘렀을까요? 산과 산이 첩첩이 이어진 골짜기 사이로 기차가 달리고 있을 때 바깥은 이미 어둑어둑했습니다.

"여기가 어디죠?"

벌이 뒤늦게 놀란 얼굴로 묻습니다. 포도가 말했습니다.

"그걸 제가 어떻게 알겠어요? 우리는 이제 다시 고향으로 돌아올 수 없는 걸요. 그게 우리 운명이죠. 딱히 슬프다고 생각하지는 않아요. 그래도 되도록 많은 곳을 구경하고 싶기는 하지만. 그런데 벌 님, 벌 님은 친구들이 있잖아요. 더 늦기 전에 얼른 밖으로 달아나요. 벌 님 정도 날개면 집까지 금방 갈 수 있을 거예요."

조금 큰 역에 닿은 기차는 5분 정도 머물렀습니다. 역에는 짐을 실은 화물차가 몇 대 서 있습니다. 그때 사람들이 우르르 기차 안으로 들어왔습니다. 그리고 한 사람이 갑자기 수건을 탁탁 내리쳤습니다.

"뭐야, 벌이 있어!"

아슬아슬하게 수건을 피해 창밖으로 나간 벌은 사람들의 머리를 넘어 안전하고 밝은 하늘로 날아갔습니다. 벌은 논두렁에 서 있는 벚나무에 앉아 잠깐 쉬었습니다. 기차가 검은 연기를 뿜으며 천천히 역을 빠져나갑니다. 기차에는 아직 사과와 포도가 타고 있는데, 너무 놀란 나머지 작별 인사도 못했습니다.

'사람들은 왜 우리를 눈엣가시로 여길까……. 침을 쏠까봐 그러나? 침이 없으면 어땠을까?'

수건에 맞아 죽을 뻔한 좀 전 일을 떠올린 벌은 몸을 덜덜 떨었습니다.

그런 날개면 집까지 금세 갈 수 있다고 포도는 말했지만, 집은 여기서 몇 십 리나 멀리 떨어져 있는데다 가는 방향도 전혀 몰랐습니다. 벌은 앞으로 어떻게 해야 할지 곰곰이 생각했습니다. 어느새 기차는 보이지 않았고, 연기도 흔적 없이 사라져버렸습니다.

여름이라 가는 데마다 꽃이 피어 있었습니다. 벌은 외로이 이 꽃에서 저 꽃으로 날아다녔습니다. 부지런히 보금자리로 꿀을 옮기는 다른 벌들을 보자 머나먼 고향집이 떠올랐습니다. 저녁 바람이 꽃잎을 쓸쓸히 흔듭니다. 나비나 다른 벌들이 자취를 감춘 뒤에도 벌만 아직 혼자 꽃을 떠나지 못한 채 어쩔 줄 몰라 했습니다.

"무슨 생각을 그렇게 열심히 하세요?"

꽃이 말을 걸었습니다.

"창문이 열려 있어 기차 안으로 들어갔을 뿐인데 이렇게 먼 곳까지 와버렸어요. 어떻게 돌아가야 할지……."

"길을 전혀 몰라요?"

복숭아빛 꽃이 다정하게 벌을 쳐다보며 물었습니다.

"전혀 모르겠어요. 아무래도 높은 산을 하나 넘어야 할 것 같기는 한데. 그런데 산을 넘어본 적이 없어서 구름이 깊거나 태풍이 덮치면 어떡하나 생각하니……. 휴, 걱정이 이만저만이 아니에요."

골짜기 사이사이를 달리던 기차를 떠올리며 벌이 대답했습니다. 꽃은 벌을 위로했습니다.

"정말 보통 일이 아니네요. 그런데 벌 님, 어디에서 살든 마찬가지 아닐까요? 여기 들판을 한번 보세요. 이렇게나 넓잖아요. 때마다 갖가지 꽃이 피어나고 과일나무도 많아요. 여기서 쭉 지내도 괜찮지 싶은데……."

'어디든 따뜻한 정은 있구나.' 벌은 그렇게 생각했습니다. 꽃이 말한 대로 어디서 살든 마찬가지라는 생각도 했지만, 아무래도 옛집을 잊을 수 없었습니다.

그 뒤로 벌이 한 고생은 이루 다 말할 수 없었습니다. 때로는 비를 맞기도 하고 때로는 바람에 날려갈 뻔하기도 했지만, 그저 집에 돌아가고 싶어서 쉬지 않고 마냥 날았습니다.

산을 넘고 강을 건너고 넓은 들판을 가로질러 마침내 그리운 집이 있는 마을 풍경이 보일 때는, 어느덧 가을도 지나고 겨울이었습니다.

모두 함께 떼를 지어 날아왔으면 지금까지 날아온 거리쯤이야 채 하루도 걸리지 않았을 겁니다. 혼자기 때문에 여기저기를 헤매야 했습니다. 같이 의논할 친구도 없고, 힘들 때 위로해줄 이웃도 없었으니까요.

다른 벌들은 벌써 겨울날 채비를 끝냈을 겁니다. 꽃 한 송이 남지 않은 메마른 들판을 찾아, 서리 내린 밤에는 마른 나뭇잎 그늘에 숨었다가 태양이 떠오르면 다시 지친 날개를 움직여 먼길을 날아왔습니다. 그래서 시간이 이렇게나 오래 걸렸습니다.

잠깐 기차 창을 빠져나가려던 한때의 충동 때문에 이런 처지가 되리라고는 벌도 생각하지 못했을 겁니다. 길에서 쓸데없이 헤매는 바람에 가장 눈부신 시절이 다 지나갔습니다.

포도도 사과도 이미 이 세상에서 사라졌을 무렵, 벌은 겨우겨우 기억에 남아 있는 그리운 숲을 찾아냈습니다.

"아아, 너무 오래 집을 비우는 바람에 다 같이 일할 때 돕지도 못했어. 별일은 없겠지? 쯧쯧, 신중하지 못해 사서 고생을 했네."

벌은 들판 가운데 서 있는 오동나무 위에 앉았습니다. 여름에 푸릇푸릇하던 잎들이 이제는 다 시들어 떨어지고 얼마 안 되는 시커먼 열매만 가지 끝에 대롱대롱 매달려 있습니다.

"왠지 모습이 좀 바뀐 듯한데, 우리 집이 있던 삼나무가 어디쯤이더라……."

벌은 저녁볕에 붉게 물든 들판을 바라보며 중얼거렸습니다.

"벌 님, 낯이 좀 익네요. 이 마을 살아요?"

오동나무가 물었습니다.

"여름에 제가 여기 푸른 잎 위에 자주 앉아 있었어요."

벌이 대답했습니다.

"꽤 많이 바뀌었죠? 게다가 요즘은 해만 저물면 금세 서리가 내려서 말이죠. 집은 내일 천천히 찾아야 할 거예요. 오늘 밤은 여기서 눈을 붙여요."

오동나무가 말했습니다.

밤이 되자 스산한 소리를 내며 찬바람이 날뛰었습니다. 푸른 유리처럼 맑은 하늘에 별똥별이 꼬리를 늘어뜨리며 날아갑니다. 바람이 불 때마다 오동나무 열매가 방울을 흔들듯이 사락사락 울렸습니다.

고향에 돌아왔는데도 아직 집을 못 찾아 쓸쓸하고 추운 밤을 보내야 하다니, 벌은 서글픈 생각이 들어 견딜 수 없었습니다.

어느새 날이 밝았습니다. 오동나무 말대로 서리가 내려앉아 주위가 온통 새하얗습니다.

"어젯밤에 잘 주무셨어요?"

오동나무가 아침 인사를 합니다.

"바람 소리가 시끄러워서 잠을 설쳤어요."

"아직 쌀쌀하지만 곧 봄이 올 거예요. 그럼 다시 꽃이 피겠죠."

해가 뜨자 벌은 삼나무를 찾아 나섰습니다. 집이 있어야 할 곳에 삼나무는 보이지 않고 목수 네다섯 명이 앉아 불을 쬐고 있습니다. 푸른 연기가 매캐하게 피어오릅니다. 벌은 연기가 닿지 않는 곳에 멀찌감치 떨어져 앉아 생각했습니다.

'삼나무는 어떻게 됐을까?'

또한 주위를 걱정스레 살폈습니다.

'다들 어디로 갔지?'

바로 옆길로 비렁뱅이 엄마가 아이 손을 꼭 잡고 지나갑니다.

"배고파요."

아이가 칭얼거렸습니다.

"응, 마을까지만 참아."

엄마가 타일렀습니다.

"더 못 걷겠어요……."

가엽게도 아이는 곧 울음을 터뜨릴 듯했습니다.

힘든 일들을 겪은 탓에 벌은 사람들이 당하는 고통에도 가슴이 아파왔습니다. 그렇지만 기차 안에서 사람이 휘두른 수건에 맞아 죽을 뻔한 일을 떠올리자 이내 몸이 덜덜 떨렸습니다.

정원사가 꽃과 풀을 차에 수북이 싣고 가는 모습이 보였습니다. 저 꽃들은 아마 온실에서 자라게 될 겁니다. 붉은 해당화와 보라색 히아신스, 흰 프리지아, 난꽃 등이 어우러진 향기가 맑은 하늘 멀리 퍼집니다.

"이제 정말 봄이 오는구나."

벌은 꽃들을 보고 지난번 오동나무가 한 말이 떠올랐습니다. 향기로운 꽃을 따라 벌도 날아갔습니다. 그런데 그곳에서 뜻밖에 친구를 만났습니다. 그 벌도 꽃을 찾아 차를 따라온 모양입니다.

죽은 줄 안 벌이 돌아와 친구는 몹시 기뻐했습니다. 당장 다들 있는 곳으로 가자며 앞장섰습니다. 그렇게 길을 가던 친구가 뒤를 돌아보며 말했습니다.

"마을도 많이 달라졌어."

＊1932. 7.

아기 거북이와 인형

남쪽 섬 모래톱에 작은 아기 거북이들이 옹기종기 모여 신나게 놀고 있습니다. 거북이들을 해칠 만한 게 아무것도 없는 평화로운 섬입니다. 그런데 어느 날 낯선 사내가 섬에 들어왔습니다.

'이걸 잡아가 팔면 돈벌이가 되려나……'

사내는 이런 생각을 하며 아기 거북이들을 바라봤습니다. 가여운 아기 거북이들은 좁은 상자에 갇혀 배를 타고 머나먼 땅으로 갔습니다.

사내는 사람들이 많이 다니는 시끌벅적한 야시장에 자리를 깔았습니다. 좁은 상자 뚜껑이 열리고, 불빛 아래 아기 거북이들이 모습을 드러냈습니다.

여기가 어딘지 궁금한 아기 거북이들이 주위를 두리번두리번 살핍니다. 온통 태어나서 처음 보는 풍경입니다.

딱딱한 등껍질 위에 서로 올라가다 밟히다가 괴롭기 짝이 없었습니다. 사람들이 꿈틀꿈틀 움직이는 거북이들을 한 번씩 쳐다보고 지나갑니다.

"여기가 어디지?"

한 아기 거북이가 말했습니다.

"그걸 어떻게 알아?"

다른 아기 거북이가 대꾸했습니다.

"대체 왜 끌려온 거야?"

"그러게, 뭐 때문이래?"

아기 거북이들은 섬을 떠난 뒤부터 죽 불안해 잠도 제대로 자지 못했습니다. 무엇 때문에 이런 곳에 끌려왔을까? 도무지 까닭을 알 수 없었습니다.

"우리한테 뭘 시키려는 걸까?"

지금까지 상자 구석에 가만히 처박혀 있던 한 아기 거북이가 머리를 들고 말했습니다.

"우리가 뭘 할 수 있을까? 빨리 섬에 돌아가고 싶다."

다른 아기 거북이가 소곤거렸습니다.

아기 거북이들이 서로 그런 이야기들을 속삭이는지도 모르고 사내는 앞에 선 손님에게 자꾸 거북이를 사라고 부추겼습니다.

"남쪽 섬에서 잡아온 놈들입니다. 학은 천년, 거북이는 만년이라고들 하잖아요. 이렇게 강한 건 세상에 다시 없습니다. 하나 사세요. 아드님이나 따님 장난감으로 그저 그만이에요."

거북이를 파는 사내 옆자리에서는 여인이 나무로 만든 인형을 팔았습니다.

"이 실을 잡아당기면 인형이 춤을 춰요."

여인이 실을 당기자 붉은 원피스를 입은 인형이 손과 발을 움직이며 춤추기 시작했습니다. 지나가던 사람들이 재미있다는 듯이 구경했습니다.

지나가는 사람들만 춤추는 인형을 쳐다본 건 아니었습니다. 상자에 갇혀 있는 아기 거북이들도 춤추는 인형을 넋 놓고 바라봤습니다. 아기 거북이들은 남쪽 섬 모래톱에서 놀던 무렵에 바닷가에서 달빛 아래 춤추는 소녀들을 본 적이 있었습니다. 그런데 섬소녀들보다 훨씬 예쁜 인형이 춤을 추고 있었습니다. 거북이들은 그 모습이 재미있으면서도 한편으로는 자기들처럼 시장 바닥에 나와 바쁘게 춤춰야 하는 인형의 처지가 안타까웠습니다.

"우리들만 이런 게 아냐. 저 예쁜 인형도 쉬지 않고 춤추잖아."

아기 거북이 한 마리가 말했습니다.

'저 인형은 계속 다른 데만 보고 있어. 이쪽으로는 고개도 안돌리네. 휴, 우리끼리 여기서 이러고 있어봤자 다 소용없는 짓이야. 저 인형이 우리 처지를 조금이라도 알아주면 얼마나 좋을까?'

아기 거북이 중 한 마리는 그런 생각을 하고 있었습니다.

마침 그때 한 소년이 엄마 손을 잡고 지나갔습니다. 소년은 춤추는 붉은 인형 따위에는 눈길 한번 주지 않고 바로 상자에 든 아기 거북이들을 쳐다봤습니다.

밤거리는 시끄럽게 북적이고 맥줏집에서는 축음기 노랫소리가 흘러나왔습니다. 소년은 잠자코 꼼지락거리는 거북이들을 바라봤습니다.

"남쪽 섬에서 잡아온 아기 거북이예요. 자, 하나 사 가세요."

사내가 말했습니다. 우두커니 있던 소년이 말했습니다.

"엄마, 거북이 사줘요."

엄마는 집에서 동물 키우는 일을 별로 좋아하지 않습니다. 선뜻 대답을 안 하자 소년이 한 번 더 조릅니다.

"응? 사줘, 엄마."

"어휴, 그렇게 갖고 싶으면 하나 사."

소년은 아기 거북이 한 마리, 그중에서도 가장 힘이 세 보이는 거북이를 골랐습니다. 사내는 소년이 고른 아기 거북이를 실에 묶어 건네줬습니다.

"아가야, 도망가니까 실로 꼭 묶어둬라."

돈을 받으며 사내는 소년에게 당부했습니다.

많은 거북이들 중에 한 마리만 떠나야 합니다. 그 아기 거북이는 얼마나 불안했을까요?

어느새 아기 거북이는 소년에게 매달린 채 화려한 거리를 벗어나 쓸쓸히 어둠 속으로 사라졌습니다.

"엄마, 엄마. 이 거북이, 두 번 다시 남쪽 섬에는 못 가는 거지?"

"그렇지. 어떻게 가겠니?"

실에 매달린 아기 거북이는 그 이야기를 듣고 눈앞이 캄캄해졌습니다. 남쪽 섬의 모래톱 풍경이 눈에 어른거리고, 함께 잡혀온 친구들의 얼굴이나 좀 전까지 옆에서 춤추던 아름다운 인형의 모습이 뚜렷이 떠올랐습니다.

'아, 나 혼자만 왜 이렇게 됐을까?'

어떻게 해야 할지 애가 타는 마음에 상관없이 아기 거북이는 그저 대롱대롱 매달려 갑니다. 집에 돌아온 소년은 거북이 장수가 시킨 대로 거북이를 연못에 넣고 나뭇가지에 실을 꼭 묶었습니다.

작은 연못 안에서 느릿느릿 헤엄치던 금붕어와 잉어는 새 식구가 들어왔는데도 곁으로 다가가지 않았습니다. 아기 거북이는 외톨이가 되어 연못 속에 웅크렸습니다. 다른 곳에 가보고 싶어도 실에 묶여 움직일 수 없었습니다. 거기에 견주면 금붕어와 잉어는 자유로웠습니다. 물고기들은 줄이 짧아 바동거리기만 하는 아기 거북이의 비참한 모습에 서로 머리를 맞대고 킬킬거렸습니다.

이튿날도 그 이튿날도 불편하고 지루한 날들은 이어졌습니다. 어떻게든 실을 끊으려 했지만, 혼자 힘으로 할 수 없었습니다. 지치고 실망해서 그대로 잠이 든 거북이는 꿈속에서 헤어진 친구들과 먼 고향 섬을 봤습니다.

소년은 학교에서 돌아오면 언제나 집 근처 넓은 풀밭에 가서 달리기를 했습니다. 씨름을 하거나 벌레를 쫓아다니기도 했습니다. 이리저리 뒹굴면서 친구들하고 마음껏 떠드는 풀밭은 아이들에게 하나뿐인 천국이었습니다.

그날도 여느 때처럼 모두 함께 들판에 놀러갔습니다. 그런데 형들 서넛이 먼저 와 아이들이 놀던 자리를 차지하고 있었습니다. 형들은 아이들을 보더니 소리쳤습니다.

"꼬맹이들아, 위험해! 여기는 창던지기하는 데니까 저기 가서 놀아."

소년들은 생각지 못한 침입자들을 먼발치에서 조용히 지켜볼 수밖에 없었습니다. 그날 하루만이 아니었습니다. 그 뒤에도 형들은 날마다 들판에서 창던지기와 포환던지기를 연습했습니다.

"그 들판은 위험하니까 앞으로 놀러 가면 안 돼."

엄마도 단단히 주의를 줬습니다.

'왜 애들 노는 곳에서 그런 위험한 연습을 하지? 어디 다른 데로 가면 좋겠다.' 이런 생각을 하면서 소년은 연못을 바라봤습니다.

그때 지난번 엄마하고 함께 야시장에서 사온 아기 거북이가 눈에 들어왔습니다. 거북이가 실에 묶인 채 왔다 갔다 합니다. 금붕어와 잉어는 자유롭게 헤엄치는데 아기 거북이만 자유를 뺏겨 코앞에서 맴돌고 있었습니다. '누구든 남의 자유를 뺏는 건 옳지 않아.' 소년은 거북이에게 나쁜 짓을 했다는 생각이 들었습니다.

"엄마, 거북이 실 풀어줘도 돼?"

"그러면 도망칠 텐데."

"괜찮아. 그냥 실 풀어줄래."

소년은 실을 풀어줬습니다. 그제야 아기 거북이는 연못 주위를 마음대로 돌아다닐 수 있었습니다.

그날 밤 달이 연못을 비췄습니다. 금붕어와 잉어는 돌 그늘 밑에서 곤히 자는데, 아기 거북이 혼자 깊은 생각에 잠겨 있었습니다.

"야, 너 이런 데 와 있었어?"

달이 물었습니다.

"달님, 저 섬에 돌아가고 싶어요. 제가 자란 모래톱을 다시 한 번 보고 싶어요. 어떻게 해야 돌아갈 수 있을까요?"

아기 거북이가 하소연하자 달은 빙그레 웃으며 물었습니다.

"그럴 용기가 있니?"

아기 거북이는 머리를 들었습니다.

"네, 뭐든 할 거예요."

아기 거북이가 대답하자 달은 웃으며 구름 뒤로 숨었습니다.

아기 거북이는 밤새도록 하늘을 올려다보며 달이 구해주기를 기다렸습니다. 그러자 과연 얼마 뒤 먹구름이 차츰 짙어지더니 바람이 거세지며 갑자기 엄청난 빗줄기가 쏟아져 내렸습니다. 그 바람에 연못이 넘쳐 자고 있던 금붕어와 잉어가 떠내려갔습니다.

아기 거북이는 그럴 용기가 있냐고 묻던 달의 말을 떠올렸습니다. 그리고 바로 지금이라는 듯 정원을 빠져나와 물소리가 콸콸 들리는 쪽으로 기어갔습니다.

'저 빠른 물살을 타야겠다. 그럼 먼 곳까지 흘러갈 수 있을 거야……'

시커먼 폭풍 속에서 아기 거북이는 발밑의 무시무시한 물살을 지켜보다가 이때다 싶을 때 뛰어들었습니다. 화살보다 빠른 물살에 작은 몸이 휩쓸렸습니다.

아기 거북이는 머리와 다리를 딱딱한 등껍질 속에 감추고 빠른 물살에 몸을 맡겼습니다. 깊은 도랑이었습니다. 이쪽 모퉁이에 쿵 저쪽 모퉁이에 쿵 부딪치며 드디어 큰 하수구로 흘러갔습니다. 물살이 더 거세졌습니다. 자꾸 흘러가던 거북이는 어느새 강 한가운데 마치 작은 공처럼 떠 있었습니다.

그 뒤로 어떻게 됐는지는 아기 거북이도 알 수 없었습니다. 어느 날 머리 위가 갑자기 환해져 머리를 내미니 햇빛은 눈부시게 반짝거리고 바다와 강이 만나는 곳 근처 모래벌판에 혼자 덩그러니 남겨져 있었습니다. 물이 빠져 강의 흐름도 아주 느릿해졌습니다. 아기 거북이를 다시 강으로 끌어당기려는 듯 강물이 찰싹찰싹 몸을 때렸지만, 이제 안심입니다.

머리를 쭉 내밀어 먼 곳을 바라봤습니다. 바다에 햇빛이 반사돼 숱한 빗줄기가 쏟아져 내립니다. 그리운 파도 소리도 들려왔습니다.

'어! 섬에 온 걸까?'

주위를 한 바퀴 돌아봤지만, 아쉽게도 고향은 아니었습니다. 모래톱에 노란 꽃과 흰 꽃이 피어 있고 바닷새가 날아다닙니다.

'섬이 아니라도 괜찮아. 여기라면 즐겁게 살 수 있어……'

그곳은 마을에서 멀리 떨어진 외딴곳이라 다시 사람에게 잡힐 염려는 없었습니다. 그렇지만 아무도 보이지 않았습니다. 친구도 없고 아는 이도 없어서 아기 거북이는 정말 외톨이가 됐습니다.

'모두 어떻게 됐을까?'

궁금해하며 아기 거북이는 물가를 엉금엉금 기어갔습니다. 그런데 이게 웬일입니까? 뜻밖에 반가운 얼굴을 만났습니다. 붉은 인형이 강물에 밀려와 모래 위에 누워 있었습니다. 아기 거북이는 깜짝 놀라 곧바로 인형 곁에 다가갔습니다.

"나도 떠밀려 왔어."

인형이 방긋 웃었습니다.

아기 거북이는 좋은 친구가 생겨 행복했습니다. 화창한 여름날 푸른 하늘 아래서 아기 거북이와 인형은 그날 밤 헤어지고 난 뒤에 벌어진 여러 일들을 이야기했습니다.

*1932. 7.

어떤 소년의 1월 일기

1월 1일

학교에서 돌아오자 아버지가 명함 네 장을 주시며 말했다. "올해부터 네가 새해 인사를 하고 다녀라." 그렇다. 나는 열두 살이 됐다. 열두 살이 되면 아버지 대신 새해 인사를 다녀야 하는 줄은 몰랐지만, 어쨌든 갑자기 어른이 된 듯한 기분이 들었다. 어머니한테 인사하는 법을 배우고 나서 먼저 옆집부터 가보기로 했다.

1월 2일

집에 온 연하장 중에 나한테 온 게 두 장이었다. 가와다랑 니시야마가 보낸 편지였다. 학교에서 가장 친한 친구들이다. 왜 나도 빨리 써 보내지 않았을까? 연하장을 받고 나서 보내자니 왠지 좀 성의가 없어 보였다. 차라리 집에 놀러갈까 생각도 해봤는데, 새해부

터 폐를 끼치는 것 같아 관뒀다. 두 장에 다 이렇게 써 있었다. '놀
러와.'

1월 3일

이웃집 유우 형이 놀러와서 붕어를 잡으러 가자고 했다. 유우 형은
중학교 3학년이다. 작년 말에 유료 낚시터에 갔을 때 주인 할아버
지가 한 말 때문인 모양이었다. "새해에는 설 연휴 동안에 현상금
을 걸고 붕어를 많이 넣어줄 거야." 내가 새해부터 살생하기 싫다고
하니까 유우 형도 가지 않았다. 그래서 둘이 공던지기를 하면서 놀
았다.

1월 4일

낮에 딱딱 하는 딱따기 소리가 들렸다. 올해부터 학교에 가는 동생
이 내는 소리다. "저 녀석은 참을성이 없어서 재미있군! 야, 고테츠
가 울고 있어. 지금 피를 빨게 해주지……" 이렇게 말하더니 그림
연극의 칼싸움 장면을 손으로 흉내내면서 막 달려갔다. 정말 절망
적이다.

1월 5일

누나가 볶기를 만든다며 뜨거운 걸 떨어뜨려 새로 깐 다다미에 큰
구멍을 냈다. 그래서 엄마한테 혼났다. 방바닥 더럽힌다고 맨날 우
리만 혼났는데, 조금 통쾌했다.

1월 6일

밖에서 연날리기를 하는 소리가 들렸다. 창문을 여니까 환하게 햇빛이 들어왔다. 명주실보다 가는 거미줄이 방안에서 반짝거렸다. 방이 따뜻해서 몰랐다. 겨울에도 이렇게 되게 작은 거미가 돌아다니고 있었다니.

1월 7일

내일부터 학교에 간다. 다시 예습도 시작해야 한다. 아주 잘해야지. 하시모토 선생님은 우리 때문에 늘 늦은 시간까지 학교에 남아 계신다. 아, 선생님한테 연하장 쓰는 걸 까먹었다. 그렇지만 나는 선생님에게 감사하다. 내일 만나면 새해 복 많이 받으시라고 말씀드려야겠다. 이제 오늘밤에 뭐 하고 놀까?

＊1977(첫 출간 연도).

오래된 벚나무

시내로 나가는 길목에 오래된 벚나무가 서 있습니다. 잎은 이미 다 떨어졌고, 우듬지 위로 뻗친 숱한 잔가지에는 드디어 봄을 알리는 꽃봉오리가 망울망울 머리를 내밀었습니다.

'이제 이삼 일 있으면 새해가 되는구나. 세월 참 정말 빠르군.'

벚나무는 분주해 보이는 거리를 바라봤습니다.

길을 사이에 두고 나무 앞에는 공설 시장이 차려져 있습니다. 새해에 필요한 여러 물건들을 산처럼 쌓아놓고, 어린 점원들이 손님이 들고날 때마다 일일이 외칩니다.

"어서 오세요."

"감사합니다."

사람들 발걸음이 여느 때하고 다르게 수선스럽습니다.

벚나무는 찬바람을 맞으며 지난여름을 돌아봤습니다.

긴 여름 동안 이 길이나 시장 안에서 제법 많은 일들이 있었지만, 대부분은 잊어버렸습니다. 기억에 남을 만큼 별 흥미가 없기도 했습니다.

"아, 맞다. 천진난만한 동자승이 있었지."

나무는 그 무렵을 떠올립니다.

한낮의 불볕더위가 아직 식지 않은 여름날 저녁이었습니다. 햇빛이 길을 불그스름하게 비췄습니다. 먹빛 옷을 입은 열한두 살쯤 된 동자승이 벚나무 아래를 지나가고 있었습니다.

때마침 참매미가 나무 허리에 붙어 요란하게 울었습니다.

"저런 곳에 매미가 있네."

동자승은 무심코 멈춰 섰습니다. 절에 들어가기 전에는 마음대로 매미를 잡거나 나비를 쫓아다니고, 거미 같은 벌레를 손가락으로 꾹 눌러 죽였습니다. 절에 들어간 뒤로 주지 스님이 불경을 가르칠 때마다 입버릇처럼 살생하면 안 된다고 엄하게 훈계해서 이제 살아 있는 것을 죽이면 안 된다고 생각했습니다. 그런데 참매미를 본 순간 그 생각을 까맣게 잊었습니다.

'잡을까?'

갑자기 동자승의 얼굴이 붉어졌습니다.

'저 정도면 쉽게 올라갈 수 있어.'

주지 스님이 늘 해준 말씀이 떠올랐습니다. 그렇지만 마음대로 잠자리와 매미를 잡고 놀던 즐거운 기억을 잊을 수 없었습니다.

'누구 보는 사람 없겠지?'

동자승은 주위를 돌아봤습니다. 지금 하는 짓을 누가 주지 스님에게 이르기라도 하면 혼날 게 뻔하니까요.

동자승은 빙글빙글 웃으며 다시 참매미를 바라봤습니다.

'저렇게 낮은 곳에 붙어 있는데, 잡아줘야지.'

동자승은 누가 자기를 보고 있지나 않은지 주위를 다시 살핀 다음 옷소매를 걷어붙이고 한 발 한 발 조심스레 다가갔습니다. 그리고 나무에 오르려던 순간, 화려하게 분장한 샌드위치맨이 저만치 모퉁이를 돌아 악기를 울리면서 이쪽으로 걸어오는 게 아닙니까? 그 바람에 매미가 놀라 날아갔습니다. 동자승은 우두커니 서서 매미가 날아간 쪽을 잠깐 바라보더니, 이내 시시하다는 듯 자리를 떴습니다. 벚나무는 이 모습을 보고 말했습니다.

"불쌍해라. 부모가 누구인지는 모르지만, 저런 아이를 절에 보내다니. 빨리 커서 어른이 되렴. 그럼 자유를 찾을 수 있을 테니까……."

벚나무는 그 뒤 시간이 벌써 이렇게 흘렀나 생각했습니다. 문득 저쪽을 봤습니다. 이것저것 시장에서 산 물건을 장바구니 가득 들고 오는 부인이 있었습니다. 그런데 장바구니 틈에서 귤 하나가 떼구르르 굴러떨어지더니 도랑에 빠졌습니다. 벚나무 말고는 아무도 보지 못했습니다.

'누가 저 귤을 주울까?'

벚나무는 잠자코 지켜봤습니다. 그렇지만 해 질 무렵이기도 하고, 뭔가 골똘히 생각에 잠긴 채 바삐 걸어가느라 사람들은 도랑에 빠진 귤을 전혀 알아채지 못했습니다. 그 옆을 빨리빨리 스쳐지나가기만 합니다.

그때 맞은편에서 꾀죄죄해 보이는 아이가 다가왔습니다. 그 아이네 집은 가난했습니다. 그래서 다들 설 쇨 준비에 한창인 때도 아버지는 아침 일찍부터 일하러 나갔습니다. 게다가 어머니는 몸이 아파 날마다 자리에 누워만 있었습니다. 아이는 군것질 같은 건 엄두도 낼 수 없었습니다. 심부름을 하고 이제 막 돌아가려는 참인데, 도랑에 빠진 귤을 본 겁니다.

"저런 데 귤이 떨어져 있네……."

아이는 멈춰 서서 귤을 가만히 바라봤습니다.

'아무도 주인이 없겠지……. 주우면 혼날까?'

아이가 들릴 듯 말 듯 중얼거립니다.

"아아, 귤 먹고 싶다."

길에 떨어진 음식을 함부로 주워먹는 짓이 궁상맞다는 것쯤 잘 알고 있었습니다. 그러다가 사람들한테 들키기라도 하면 무척 창피할 겁니다. 그래도 아이는 귤이 먹고 싶었습니다.

"주울까?"

아이는 계속 망설였습니다.

아무도 안 볼 때 빨리 줍자. 아이는 그렇게 결심하고 주위를 두리번거렸습니다. 아무도 아이에게 신경쓰지 않았습니다.

'괜찮아, 주워도 돼. 주워.'

벚나무는 속으로 말했습니다.

정직한 아이는 대범하지는 않았습니다. 한 발 한 발 수채통에 다가가 드디어 귤을 주우려는 순간, 시장 안에서 생선 장수가 생선 씻은 구정물을 버리러 나왔습니다. 대야에 담긴 물을 도랑에 쏟아

붓자 귤이 구정물 속에 잠겨버렸습니다.

아이는 귤을 주우려 하지 않았습니다. 포기하고 집으로 돌아갑니다. 그 아이의 뒷모습이 매미를 놓친 동자승보다 더 안타까워 보였습니다.

"빨리 자라서 강한 사람이 되렴. 그럼 귤 같은 건 아무것도 아니야……."

아무 말을 하지 않았지만 벚나무는 어진 할아버지처럼 가여운 아이들을 다독였습니다.

이 근처 사람들은 모두 벚나무를 알고 있습니다. 그리고 진심으로 아꼈습니다. 봄이 되면 어지러울 만큼 흐드러지게 꽃을 피우기 때문입니다.

어둑어둑해지자 아이들이 딸깍딸깍 나막신을 신고 나무 아래로 지나갑니다. 한 아이가 말했습니다.

"빨리 벚꽃이 피었으면 좋겠다."

"이 나무 되게 오래 됐지?"

다른 아이가 고개를 들고 나무줄기를 쳐다봅니다.

벚나무는 아이들이 하는 이야기를 다 듣고 있었습니다. 나도 어릴 때는 머리를 밟히고 가지가 꺾이는 힘든 일이 꽤 많았단다. 그래도 시들지 않고 이렇게 나이를 먹었구나.

"그래, 너희들도 꿋꿋하게 견뎌다오. 자라서 훌륭한 사람이 되어야 한다."

벚나무는 따뜻하게 속삭였습니다.

*1932. 7.

211

은하수 아래 마을

농사일이 한창 바쁠 때면 신키치는 학교에서 돌아와 채소에 물을 주거나 벌레를 잡으며 집안일을 열심히 돕습니다. 올해는 늦서리 때문에 산속 마을은 뽕나무 농사가 완전히 글렀다고 합니다. 먼 곳에서도 이 근처까지 뽕잎을 사러 왔습니다. 쌀농사가 신통치 않을 때 쌀값이 치솟듯이 요새 뽕잎 값이 엄청 뛰어 넓은 뽕밭을 가진 신키치네 작은아버지는 날마다 싱글벙글했습니다.

신키치는 작은아버지를 도와 용돈을 받으면 자기는 됐고 여동생이 갖고 싶어하는 걸 사줘야지 생각할 만큼 어린 여동생을 귀여워했습니다.

머리에 흰 수건을 쓴 아줌마들하고 함께 신키치는 뽕잎을 땄습니다. 커다란 바구니에 뽕잎이 가득 차면 신키치는 바구니를 수레에 옮겨 정류장까지 실어나릅니다. 오늘만 해도 벌써 몇 번째인지 모르겠습니다.

휘파람을 불면서 길을 달렸습니다. 하늘에는 잔물결 같은 흰 구름이 떠갑니다. 오후가 되면 바다 쪽에서 바람이 불기 시작합니다. 해가 서쪽으로 제법 기울 즈음 신키치는 덜컹거리는 짐마차를 마주쳤습니다. 마차에는 분가루를 바르고 화려한 옷을 입은 여자들에다 개하고 원숭이도 탔습니다.

'서커스단이 지나가는구나.'

어제까지 마을에서 공연한 서커스단이 오늘 다른 마을로 떠나는 모양입니다. 천막을 치우고 공연 도구를 모두 마차에 실은 뒤, 공연 때 나온 말이 수레를 끌었습니다. 단출한 모습이 아주 먼 옛날 이주 민족 같기도 하고 바람 따라 떠도는 장돌뱅이 같기도 했습니다. 오늘은 동으로 내일은 남으로 가는 서커스단을 보며 신키치는 쓸쓸해졌습니다. 그러나 한편으로는 다른 생각도 했습니다.

'좀더 화려한 도시가 있겠지? 나도 가보고 싶다.'

마을 가까운 소나무 숲에서 매미가 끊임없이 울어댑니다. 신키치는 연못가에 서서 물위에 둥실둥실 떠 있는 보랏빛 물풀의 꽃을 바라봤습니다.

'어떻게 하면 저걸 건져낼 수 있을까? 뿌리까지 함께 뽑아서 집에 갖고 가야 할 텐데.'

신키치는 골똘히 생각했습니다. 금붕어가 헤엄치는 어항에 심으면 아주 좋을 듯했습니다.

그때 저 멀리 걸어가는 그림자가 보였습니다. 자세히 보니 양복 입은 신사였습니다.

'어디 가는 거지?'

신사는 푸른 밭 가운데 난 좁은 길을 걸으며 이쪽저쪽을 두리 번거렸습니다. 사람들이 거의 다니지 않는 길이었습니다. 이따금 멈춰 서서 구두 끝으로 돌멩이를 툭툭 건드리기도 합니다.

'누구지? 마을에서 못 본 사람인데.'

신키치는 그 사람이 하는 행동을 가만히 지켜봤습니다.

—

연못가에 서 있는 소년을 본 신사는 그쪽으로 발걸음을 천천히 옮 겼습니다.

'우리 동네에 놀러온 사람이구나. 길을 잃었나 보네. 바닷가 쪽 으로 가려면 저 길로 쭉 걸어야 하는데.'

신사는 아이에게 다가왔습니다. 그리고 불쑥 물었습니다.

"이 연못은 뭐라고 부르니?"

"연못이요? 변천(힌두교의 여신이지만 불교에 들어와 변설, 재화, 복, 지혜, 연수 따위를 주고 재액을 막으며 싸움에서 이기게 하는 일을 맡은 여신 ─ 옮긴이) 연못이라고 하는데요."

"변천 연못이라…… 뭐, 부처님을 모신다는 소리니?"

"옛날에는 그랬나 봐요. 그런데 지금은 아니에요."

신사는 멍하니 연못 풍경을 바라봤습니다.

"순채가 있네. 꽤 오래된 연못인가 보군. 혹시 이 연못에 얽힌 재미난 이야기 같은 거 들은 적 있니?"

이 사람은 길을 잃은 게 아니고 이 연못을 조사하고 있다고 신키치는 생각했습니다.

"네, 알고 있어요."

신키치는 어릴 때부터 자주 들은 전설을 떠올렸습니다.

"옛날에 이 연못에 황금 닭이 많이 나타났대요. 날씨가 맑고 평온한 날에 황금 닭이 물위에 떠오르는데, 사람 발소리가 나면 눈 깜짝할 사이에 물속으로 사라진다고 엄마가 그랬어요."

"황금 닭? 여기도 그런 전설이 전해지는구나."

신사는 고개를 끄덕였습니다.

"아저씨, 그럼 여기 말고 황금 닭이 나오는 연못이 또 있어요?"

신키치가 신기하다는 듯이 신사를 올려다봤습니다.

"그럼, 있지. 그런 이야기가 있지 않을까 싶어서 여기에 들러본 거란다. 고분이 있는 언덕도 그렇고, 밭에서 금 곳간이 나온다든가 황금 닭이 떠오른다는 이야기가 꼭 있거든. 이 주변 지형을 보고 고분이 있던 데가 아닐까 생각했어. 어딘가에 아직 우리가 모르는 고분이 있을 듯하기도 하고 말이야. 그럼 아주 먼 옛날 사람들이 이 근처에서 살았다는 거잖니? 그건 그렇고 여기 근처에서 토기 조각이나 곡옥 같은 물건을 주운 사람 이야기는 듣지 못했니?"

"저, 반달 모양 곡옥을 주웠어요. 이가 좀 빠진 술잔 같은 것도 갖고 있어요."

"곡옥? 이 빠진 술잔? 야, 어떻게 그런 취미를."

신사는 무척 놀라워했습니다.

"옛날에 이 연못 근처에서 주운 걸 선생님한테 보여드렸더니,

선생님이 아주 옛날 거니까 잘 갖고 있으라고 하셨어요."

"하하하, 너희 집 여기서 머니? 그걸 한번 보고 싶은데, 나는 이런 사람이다."

신사는 명함을 꺼내 신키치에게 건넸습니다. 명함에는 문학 박사 야마모토 마코토라는 이름하고 도쿄에 있는 집 주소가 적혀 있었습니다.

"나는 고대 민족의 역사를 연구하고 있어. 그래서 이렇게 곳곳을 돌아다닌단다."

신키치는 자기가 갖고 있는 물건이 언젠가 학문 연구에 도움이 된다면 아저씨만의 기쁨이 아니라 인류의 행복이 되리라고 생각했습니다.

"우리 집 여기서 금방이에요. 얼른 가져올게요."

아이는 쏜살같이 집으로 뛰어갔습니다.

—

신사는 신키치가 뛰어간 길을 천천히 따라갔습니다. 그리고 떡갈나무 아래 서서 가만히 기다렸습니다. 얼마 뒤 신키치가 작은 상자를 안고 헐레벌떡 돌아왔습니다.

"이거에요."

박사는 물건 하나하나를 손으로 집어 찬찬히 바라보며 감탄했습니다.

"이제껏 한 번도 본 적 없는 진귀한 물건이구나."

그러자 신키치가 말했습니다.

"필요하면 드릴게요."

박사의 눈이 금세 고마움으로 반짝거렸습니다.

"그럼 대학 연구실에 기부하자. 아주 유익한 연구 자료가 될 거야. 몇 해째 찾고 있던 걸 얻어서 정말 기쁘구나."

박사는 신키치에게 보답을 하고 싶다고 했습니다.

그런 건 전혀 생각해보지 않은 신키치는 똑 부러지게 대답했습니다.

"아뇨, 사례 같은 거 필요 없어요."

"아니, 그렇지 않아. 내 마음의 표시란다. 갖고 싶은 게 있으면 말해라. 도쿄에 돌아가서 보내줄게."

박사는 부드럽게 웃었습니다.

"음, 그럼 인형을 보내주세요."

"인형? 인형이라, 재미있구나. 그런데 어떤 인형이 좋을까."

박사는 안경 너머로 눈을 가느다랗게 뜨고 생각에 잠깁니다.

"너한테는 토우가 좋겠다. 도쿄에 가면 좋은 모형을 하나 찾아서 보내줄게."

언젠가 잡지에서 토우를 본 적이 있습니다. 신키치는 흰 말을 탄 붉은 인형을 머릿속에 떠올렸습니다. 생각만 해도 가슴이 두근거렸습니다. 그렇지만 신키치는 자기가 갖고 싶어서 인형을 달라고 하지는 않았습니다.

"아뇨, 여동생한테 줄 인형이에요."

"하하하, 네가 갖고 싶은 게 아니구나. 여동생이라……. 그럼 어떤 인형이 좋으려나."

박사는 고개를 숙인 채 다시 고민에 빠졌습니다.

"아무 인형이나 다 괜찮아요. 동생은 몸이 아파서 집에만 있거든요. 너무 심심해하니까 인형을 선물하면 엄청 좋아할 거예요."

"그럼 도쿄에 가서 예쁜 인형을 보내줄게. 정말 착한 아이구나. 이다음에 도쿄에 오면 꼭 아저씨한테 들러라. 그리고 뭔가를 찾으면 또 알려주고."

박사는 신키치의 손을 꼭 잡았습니다.

—

집에 오니 동생 미츠코가 혼자 색종이를 갖고 놀고 있었습니다.

"오빠, 어디 갔다 와?"

"지금 학자를 만나고 오는 길이야."

신키치가 우쭐거리며 말했습니다.

"내가 주운 곡옥하고 토기가 학문 연구에 엄청 도움이 된대."

"와……."

"그리고 미츠코, 그 박사님이 고맙다면서 예쁜 인형을 사서 보내준댔어. 그러니까 기대해라."

"진짜? 정말 신난다."

"너는 어떤 인형이 좋아?"

"글쎄."

가냘파 보이는 미츠코가 고개를 갸웃거렸습니다.

"지난번 서커스에서 본 언니들 있잖아. 그 언니들처럼 예쁘게 생긴 인형이 좋아."

서커스단은 이제 마을을 완전히 떠난 모양이었습니다. 밤이 되자 집 뒤쪽 채소밭에서 베짱이 울음소리가 들려왔습니다. 오누이는 툇마루에 나와 숨을 죽인 채 이제 곧 초가을에 접어드는 밤하늘을 올려다봤습니다. 소금꽃이 핀 듯 잔별이 촘촘히 박혀 반짝거렸습니다.

"서커스단은 어디로 갔을까?"

미츠코가 말했습니다.

"저기 먼 마을에 가서 사람들에게 또 곡예를 보여주겠지."

먼 마을 쪽으로 희미하게 흐르는 흰 은하수가 지평선을 향해 둥글게 잠겨갔습니다.

＊1935. 1.

묶인 집오리

강가에 너도밤나무 세 그루가 서 있었습니다. 겨울 내내 가지에 붙어 있던 마른 나뭇잎이 북풍이 불어오자 쉬지 않고 사락사락 소리를 냅니다. 다른 나무들이 모두 조용히 잠든 뒤에도 너도밤나무만 혼자 노래를 부르고 있었습니다.

이곳에서는 깜빡깜빡 불을 밝히는 먼 마을의 등불이 보입니다. 안개 낀 항구에 모여 있는 배의 불빛처럼, 지평선 가까이 무수히 박힌 잔별처럼, 푸른빛도 있고 붉은빛도 있으며, 아주 새롭게 초록빛도 보였습니다. 그리고 그 불빛 하나하나에 여러 삶이 담겨 있는 듯했습니다. 나무들은 사람들의 삶을 잘 이해할 수 없었습니다. 사람들은 그저 멋대로 분별없이 쾌락만 추구합니다. 다른 생명체가 느끼는 슬픔을 전혀 모릅니다. 그러니 이 숲을 마음대로 베어 쓰러뜨리고 땅을 파헤치겠죠. 사람들은 숲속의 삶에 아무런 연민도 느끼지 않는 듯했습니다.

세 나무는 서로 머리를 맞대고 저 멀리 마을 쪽을 바라봤습니다. 맑은 날에는 흰 연기와 검은 연기가 피어오릅니다. 나무들이 죽은 친구 나무들의 몸을 태우는 연기라는 사실을 알았으면 그렇게 담담히 지켜보지는 못했을 겁니다. 이윽고 석양이 지고 하늘이 어둑어둑해지자 등불이 반짝반짝 빛나기 시작합니다. 그런데 모여 있는 불빛들 사이에 몇 개가 무리에서 뛰쳐나오듯 띄엄띄엄 마을을 벗어나 스산한 들판 한쪽으로 흩어졌습니다. 어느 날 밤 바로 코앞에서 요물의 눈동자처럼 아주 뚜렷하고 빛나는 등불이 켜졌습니다. 이 등불을 본 나무 하나가 소리쳤습니다.

"야, 저쪽에도 왔어!"

"정말, 여기에도 언제 올지 모르겠군."

다른 나무는 불안해했습니다.

세 나무는 그날 밤 북풍에 소리를 맞춰 여느 때하고 다르게 슬픈 노래를 불렀습니다.

이튿날 아침해가 강을 비출 때 작은 물고기들은 이제 곧 다가올 봄이 기쁜 듯 은빛 배를 드러내며 헤엄쳤습니다. 들쥐는 쥐구멍 앞에서 눈을 비비며 혼자 중얼거렸습니다.

"어젯밤에는 너도밤나무가 슬픈 노래를 부르던데, 사람들이 주위를 서성거리며 나무 베는 이야기라도 한 건가. 하기는 요즘 세상이 하도 뒤숭숭하니까. 강가에 있는 우리 보금자리도 언제 파헤쳐질지 모르는 일이지. 위험해지면 어디든 이사를 가야 하는데."

오후 들어 갑자기 머리 위가 소란스러워지자 들쥐는 귀를 쫑

굿 세웠습니다. 부리나케 구멍에서 나와 찔레나무와 등나무 덩굴 밑을 빠져나가 너도밤나무 아래까지 왔습니다. 그곳에는 누가 언제 만들었는지 떠돌이 개나 들어갈 만한 볼품없는 움막이 떡하니 서 있었습니다. 지붕으로 녹슨 함석판을 얹고 부서진 널빤지를 기대어 세워놓았습니다. 들쥐가 안을 들여다보니, 천장에 누더기 조각을 매달아 놓고 양동이에 강물을 담아놓았습니다. 머리가 덥수룩하게 자란 사내는 굽은 손가락 끝으로 마을에서 구걸한 돈을 세고 있었습니다. 그 옆에는 열 살쯤 된 남자아이가 입을 오물거리며 뭘 먹고 있었습니다. 들쥐는 판자 틈으로 머리를 처박은 채 어떻게 할까 잠깐 망설였습니다.

"이런 사람들이 밑에 자리를 잡으면 너도밤나무 님도 참 골치 아프겠네. 어쨌든 동네 꼬마들이 낚시하러 오진 않을 테니 물고기 들한테는 다행인가?"

조심스럽게 움막을 빠져나간 들쥐는 밭쪽으로 달려갔습니다.

들쥐가 걱정한 대로 거지는 너도밤나무 아래에서 불을 피웠습니다. 푸른 연기가 나무둥치를 타고 잔가지 사이로 빠져나가 닦아놓은 유리처럼 맑은 하늘에 피어올랐습니다. 봄이 가까워져서 그럴까요? 너도밤나무는 하늘을 보며 지난여름에 날아온 방울새를 떠올렸습니다. 날마다 어디선가 날아와 나뭇가지에서 맑은 목소리로 노래 부르며 먼 곳에서 본 여러 이야기를 들려줬습니다. 헤어질 때는 몹시 아쉬워했습니다.

"내년에 새잎 돋을 때쯤, 꼭 다시 놀러올게요. 그때까지 모두 잘 지내세요."

너도밤나무 세 그루는 방울새가 한 말을 떠올렸습니다. 이런 거지가 버티고 있으면 자기들이 별일 없이 살아남더라도 방울새가 또 날아오지는 않겠다고 생각했습니다. 정말 한심하고 슬픈 일이었습니다. 해가 지고 나니 그날도 북풍이 세차게 불어댔습니다. 나무는 어제보다 더 구슬픈 소리로 노래를 불렀습니다.

이삼 일 뒤 저녁이었습니다. 날이 따뜻해지자 물고기들이 자꾸 맴을 돌며 헤엄쳤습니다. 아이가 마을에서 집오리 한 마리를 안고 돌아왔습니다. 아이보다 한발 앞서 움막에 와 있던 아버지가 물었습니다.

"어디서 가져온 거냐?"

"개가 물고 오길래, 개는 쫓아버리고 오리만 잡아왔어요. 다행히 상처 입은 데도 없어요."

아이는 움막 안에 들어와서도 소중히 감싸 안은 집오리를 풀어놓으려 하지 않았습니다.

"구워 먹으면 맛있겠다."

아버지는 오들오들 떨고 있는 새를 가만히 쳐다봤습니다.

"싫어요. 죽이지 마요."

아이는 눈을 부릅뜨고 아버지를 쏘아봤습니다.

"그럼 어쩔 건데?"

아버지가 무뚝뚝하게 물었습니다.

"내가 키울 거예요."

"바보 같기는. 그런 거 키워 봐라. 네가 훔쳐온 게 되지."

아이는 그 말을 곰곰이 생각해봤습니다.

"그럼 내일 죽여요. 오늘밤은 강에 풀어줄래요. 대신 다리에 줄을 묶어둘게요. 괜찮죠?"

"마음대로 해."

아버지는 굳이 오늘밤 집오리를 죽이겠다고는 하지 않았습니다. 적어도 하룻밤은 아이가 바라는 대로 해줄 참이었습니다.

"다리를 꽉 묶어둬. 자, 여기 밧줄."

아버지는 알맞은 밧줄을 꺼내 아이 발치에 던졌습니다.

아이는 아무 대꾸 없이 밧줄을 집어 집오리 다리에 묶었습니다. 물위에 밤하늘이 희끄무레하게 비칠 뿐 물가에 자란 덤불도 못 알아볼 만큼 온통 컴컴해졌습니다. 어둠 속에서 강물에 잔물결을 일으키며 이리저리 헤엄치는 집오리를 잠깐 바라보던 아이는 손에 쥐고 있던 밧줄을 가시나무 밑동에 묶은 다음 매우 만족스러운 듯 움막 안에 들어갔습니다. 어둠 속에서 헤엄치던 집오리는 다리에 묶인 줄 때문에 마음대로 몸을 움직이지 못하자 물가에 올라가 덤불 그늘 밑에 웅크렸습니다.

오늘밤에도 너도밤나무는 구슬피 노래를 부릅니다. 아마 집오리는 하루 동안 벌어진 뜻밖의 사건을 떠올리고 있겠죠? 모든 일이 꿈만 같을 겁니다. 날개 아래쪽에 상처가 조금 난 듯 눈을 끔벅거리며 두툼한 부리로 자줏빛 날갯죽지를 핥습니다. 걱정이 가득해 잠도 못 이루는 눈치입니다. 문득 아늑한 옛집이 이 근처에 있다고 느낀 걸까요, 집오리는 자기가 어떤 처지인지도 잊은 채 갑자기 허둥지둥 옛집을 찾기 시작했습니다. 그런 마음은 집오리의 몸을 점점 궁지에 빠뜨리고 있었습니다. 그런 줄도 모르고 집오리는 더 발

버둥쳤습니다.

들쥐는 구멍 밖으로 머리를 내밀고 모든 상황을 쭉 지켜봤습니다. 처음에는 안 그래도 꼴 보기 싫은 녀석인데 거참 쌤통이라며 꼴사납게 허둥거리는 집오리를 못마땅한 눈초리로 쳐다봤지만, 차츰 딱하게 느껴졌습니다. 사실 전에 일이 좀 있었습니다. 강을 따라 내려온 백조가 글쎄 재미있는 여행 이야기를 들려준다면서 물고기들을 많이 불러모으더니, 느닷없이 작은 붕어를 세 마리나 꿀꺽해 버린 겁니다. 자기 배를 다 채우고는 훨훨 날아가는 백조를 두 눈으로 똑똑히 본 들쥐는 집오리도 싫었습니다. 그렇지만 아무리 봐도 이 어리석은 집오리에게 그런 재주는 없을 듯했습니다. 그러기는커녕 자기 혼자 괜히 빙글빙글 도는 바람에 나뭇가지에 줄이 엉망으로 휘감겨버렸으니까요. 남들 다 자는 한밤중에 괴로운 나머지 꽥꽥 비명이나 내지르고 있습니다. 너도밤나무가 일부러 몸까지 흔들어 노래를 부르는데, 자기 딴에 구색을 맞춘답시고 괴상망측한 장단이라도 치는 소리처럼 들렸습니다.

오늘 바람을 맞으며 영리한 들쥐는 평소하고 다르게 불안했습니다. 낮에 제법 푸릇푸릇 자란 보리밭을 지날 때도 바람기가 영 심상치 않았는데, 해 저물고 난 뒤 불안은 한층 더 심해졌습니다.

"아름답고 살기 좋은 곳이 이렇게 돼버리다니. 집오리는 줄에 묶여 내일 당장 어떻게 될지 모르는 신세고, 너도밤나무는 밑동이 타버렸고. 강에 있는 물고기나 우리도 안심하고 있을 수가 없구나. 돌아가는 꼴이 죄다 숨이 막히네. 뭔가 뜻하지 않은 일이라도 생기면 다시 옛날처럼 평화롭고 즐거운 햇빛은 볼 수 없겠지……."

쥐구멍 앞에서 밤하늘을 올려다보며 골똘히 생각에 잠겨 있던 쥐도 어느새 사라졌습니다.

한밤중이 돼 아이는 거센 폭풍 소리에 눈을 떴습니다. 움막이 흔들거리고 함석판 떨어지는 소리가 났습니다.

"바람이 엄청나네."

"언제든 도망갈 준비를 해라. 양동이랑 보따리에 싼 물건 잊지 말고."

아버지가 말했습니다.

아이는 밖으로 뛰쳐나갔습니다. 하늘은 섬뜩하게 희부옇고, 너도밤나무는 허리가 꺾일 듯 기울어져 바람이 덮칠 때마다 휘청거렸습니다.

"아빠, 저쪽 하늘이 불난 것처럼 환해요."

움막 밖에서 아이가 소리쳤습니다.

"태풍 때는 원래 그래. 이게 지나고 나면 따뜻해져."

그때 우우 하고 세차게 몰아치는 바람이 두 사람의 말소리를 삼켜버렸습니다. 움막이 우지끈 부서지고, 함석판이 어딘가로 날아가 쿵 부딪치는 소리가 들렸습니다.

"비가 내려요!"

아이가 소리를 질렀습니다.

"우리가 늘 가는 곳 알지? 거기로 가자."

아버지는 앞에 있던 짐을 확 거머쥐고 어둠 속으로 달려갔습니다. 아이는 강가까지 뛰어갔습니다. 목에 줄이 마구 얽힌 집오리가 금방이라도 죽을 듯 슬프게 울어댔습니다. 아이는 날카로운 칼로 집오리 다리에 묶은 줄을 끊었습니다. 오리는 그대로 풀어주고, 양 동이와 짐 보따리만 든 채 후닥닥 아버지를 쫓아갔습니다.

비가 내리고, 바람이 불어대고, 번개가 내리치는 무시무시한 밤 이었습니다. 날이 훤히 새었을 때 불어난 물은 강가까지 찰랑찰랑 차오르고, 물위는 쏟아지는 봄 햇살에 황금빛으로 빛났습니다. 너 도밤나무는 마른잎을 죄다 털어버린 뒤 연초록 새싹을 틔웠습니 다. 거지들은 다시 나무 밑으로 돌아오지 않았습니다. 집오리도 어 디로 갔는지 보이지 않았습니다. 어차피 영리하고 재빠른 들쥐가 찾아내 너도밤나무와 물고기들에게 소식을 알려주겠지만.

* 1937. 5.

나무 위와 아래 이야기

어느 집 문 앞에 큰 모밀잣밤나무가 서 있습니다. 밤나무 가지 안에 참새가 둥지를 틀었습니다. 시원한 바람이 불어와 어린 나뭇잎이 반짝반짝 물결칩니다.

"엄마, 아까부터 어린애들이 이 나무 밑에서 재잘재잘 시끄러워요. 뭐 하는 걸까요?"

아기 참새가 물었습니다.

"글쎄, 뭐하고 있을까? 아, 도시오랑 지이코네. 궁금하면 저 아래까지 가보고 와."

엄마 참새가 대답했습니다.

"공기총에 맞으면 어떡해요?"

"아냐, 저 애들은 그런 나쁜 짓 안 해. 그리고 요즘은 총 갖고 놀 때도 아니니까."

아기 참새는 엄마 말을 믿고 한번 내려가보기로 했습니다.

"그런데 너무 밑까지 가면 안 돼. 근처에 고양이 있다."

엄마 참새가 주의를 줬습니다.

"엄마, 고양이는 괜찮아요. 우리가 훨씬 빨라요."

"그렇지 않아. 여기 사는 늙은 고양이는 아주 영리해서 나무에도 잘 올라오거든. 하마터면 엄마도 잡힐 뻔한 적이 있으니까, 방심하면 안 돼."

"저 얼룩 고양이 말이죠?"

"응. 그런데 저 고양이도 요새 어디가 안 좋은지, 아니면 나이가 들어 그런지 지난번에 밑을 지나갈 때 보니까 통 힘이 없더라. 전처럼 걱정은 안 해도 되려나."

"전이라면 언제쯤이요?"

"작년만 해도 번뜩거리는 눈으로 어깨에 힘을 잔뜩 주고 이 주변을 어슬렁어슬렁 돌아다녔어."

아기 참새는 더는 가만히 엄마가 하는 이야기를 듣고 있을 수 없었습니다. 나무 밑에 내려가 아이들 놀이를 구경하는 일이 훨씬 재미있어 보였습니다. 아기 참새는 짹짹 울면서 아래쪽 가지로 내려갔습니다.

"지이코. 이 지렁이가 저기 밭으로 가려고 하는데."

도시오가 말했습니다. 지이코는 허옇게 마른 땅바닥 위에 죽은 듯이 꼼짝 않고 있는 지렁이를 뚫어지게 쳐다봤습니다.

"왜?"

"햇빛이 뜨거우니까 물기 있는 밭으로 가려는 거겠지."

"아, 진짜 그렇겠다."

지이코는 꼼짝 않고 있는 지렁이 몸에 스며드는 햇빛을 보고 비로소 깨달았습니다.

"불쌍하다."

도시오가 말했습니다.

"너무 굼벵이야. 조금 더 빨리 가면 좋을 텐데."

"그거야 못 걸으니까 어쩔 수 없지."

두 아이는 생각이 서로 달랐습니다.

"도시오, 벌써 개미가 모여들어."

지이코는 지렁이가 움직이지 않는 걸 알고 금세 모여든 개미를 신기하게 바라봤습니다.

"에잇, 이 자식들이."

도시오가 돌멩이로 작은 개미를 한 마리씩 꾹꾹 눌렀습니다.

"그만해. 개미는 아무 잘못 없어."

"지렁이가 아직 살아 있잖아."

"지렁이가 꾸물거리니까 그렇지. 지렁이가 나빠."

지이코는 끝까지 지렁이를 탓했습니다.

나뭇가지에 앉아 밑을 내려다보던 아기 참새는 고개를 갸웃거렸습니다.

"그러게, 누가 나쁜 거지?"

어쩌면 도시오도 잘 몰랐는지 모릅니다.

"저리로 날아가."

도시오는 개미가 붙어 있는 지렁이를 나무막대기로 건져 올려

밭쪽으로 휙 던졌습니다.

"도시오, 꽃을 찾아서 소꿉놀이나 하자."

두 아이는 저쪽으로 달려갔습니다. 아기 참새는 엄마 참새에게 날아와 방금 본 이야기를 들려줬습니다.

"엄마, 지렁이가 나빠? 개미가 나빠?"

엄마 참새는 잠깐 생각했습니다.

"지렁이는 개미를 안 먹으니까 개미가 나쁘네."

아기 참새는 엄마는 정말 훌륭하다고 감탄했습니다.

"와, 그렇구나. 엄마, 우리는 고양이를 먹지 않는데 고양이는 우리를 잡아먹으려고 그러죠?"

"그래, 맞아."

이런 이야기를 하고 있을 때, 흰 바탕에 검은 얼룩이 있는 고양이가 울타리 아래를 빠져나와 이쪽으로 느릿느릿 다가왔습니다.

—

"어머나."

놀란 엄마 참새가 말했습니다.

"저 고양이 걷는 것 좀 봐."

"우리가 여기 있는 걸 알고 왔을까요?"

아기 참새도 나뭇가지 위에서 고양이를 내려다봤습니다.

"네 눈에는 저 고양이가 그럴 힘이 있어 보이니? 저 고양이, 지금 겨우겨우 걷고 있어."

나무 위에서 엄마 참새와 아기 참새가 고양이를 보면서 이야기하는데, 저쪽에서 다른 젊은 고양이가 다가왔습니다. 늙은 고양이는 그냥 터벅터벅 지나치려 했지만, 젊은 고양이가 그 곁으로 바짝 따라갔습니다. 이 늙은 고양이에게 곧잘 혼쭐이 났는데, 그런 일은 죄다 잊은 모양이었습니다.

"무슨 일 있어요?"

젊은 고양이가 물었습니다. 잠깐 발걸음을 멈춘 늙은 고양이가 힘없이 대꾸했습니다.

"몸이 별로 안 좋네. 그러니 가까이 오지 마."

"어디가 안 좋은데요?"

"독 같은 걸 먹었는지, 여기도 겨우 왔어."

"그렇게 약한 소리 하면 어떡해요? 우리는 당신한테 자주 쫓겨 다녔다고요. 그때처럼 힘을 내요."

"그런 말 하지 마. 이제부터 나는 몸을 숨길 만한 데를 찾아봐야 돼."

"당신이 없어지면 내가 여기서 대장이 되겠죠? 그래도 별로 기쁘지는 않군요."

"여기가 다 네 세상이 될 텐데, 왜 기쁘지 않다는 거지?"

늙은 고양이가 눈이 부신 듯 찡그렸습니다.

"이다음에 내가 당신처럼 될까봐요."

젊은 고양이는 지난날이 그리운 듯 병든 고양이에게 다가갔습니다. 두 고양이는 얼굴을 서로 맞대고 몸을 비빈 뒤 헤어졌습니다.

"안녕히 가세요."

"안녕."

나무 위에서는 엄마 참새와 아기 참새가 이 모습을 물끄러미 지켜봤습니다.

늙은 고양이가 모밀잣밤나무 앞을 지나다가 위를 올려다보더니 발걸음을 멈춥니다. 참새 두 마리는 자기들을 보는 줄 알고 깜짝 놀랐습니다.

"어머, 아직도 우리를 노리는 거야?"

"도망칠까요, 엄마?"

"아니, 잠깐 있어봐."

고양이 눈에는 이제 사냥감 따위 들어오지 않았습니다. 그저 이 나무가 그리울 뿐이었습니다.

"이 나무에도 자주 올라갔지. 저 꼭대기까지 뛰어올라 가는 일쯤이야 식은 죽 먹기였는데."

고양이는 옛날 생각에 잠긴 채 나무 주위를 빙 돌았습니다. 열 때문에 휘청거리는 다리로 몸을 비비면서.

"아, 이 나무도 이제 이별이다."

고양이는 모밀잣밤나무에게 작별 인사를 전하려고 여기까지 왔습니다. 그리고 이제 아무 미련 없다는 듯 터벅터벅 곁눈질도 하지 않고 저쪽으로 가버렸습니다.

그때 아기 참새가 쨱쨱 소리를 냈습니다. 그러자 엄마 참새가 나무랐습니다.

"얌전히! 우리는 지렁이에게 몰려든 개미 흉내를 내면 안 돼."

어느 날 갑자기 나무 아래가 시끌벅적해졌습니다. 지이코네가 이사를 가나 봅니다.

"이런, 이사를 가네."

엄마 참새가 눈을 동그랗게 떴습니다.

"정말요? 지이코, 이사 가요?"

아기 참새가 되물었습니다.

"우리를 지켜주던 착한 아이가 떠나다니."

공기총으로 참새를 쏘러 오는 아이들이 있으면 지이코의 오빠가 위험하다고 소리지르면서 혼내줬습니다.

지이코의 오빠는 모밀잣밤나무 밑에 서서 고개를 젖혔습니다.

"모밀잣밤나무도 참새도 힘이 넘치네."

그곳으로 지이코와 옆집 도시오가 달려왔습니다.

"도시오, 이 나무 열매가 커질 때쯤 놀러올게."

"나도 나도. 그럼 그때 나무 열매를 같이 줍자."

옆에서 지이코가 끼어듭니다.

"이사 가는 집에도 큰 나무 있어?"

도시오가 물었습니다.

"시내 한가운데니까 이런 큰 나무는 없대. 아빠가 그랬어."

"그렇게 멀어?"

"전차 타고 놀러와."

아이들 떠드는 소리를 엄마 참새는 귀기울여 들었습니다.

"즐거운 일이 있으면 슬픈 일도 있는 게 세상일이란다."

엄마 참새가 아기 참새에게 조용히 일러줬습니다.

* 1941. 4.

무엇이든 들어갑니다

쇼는 귀여운 꼬마입니다. 입고 있는 옷도, 윗옷에 붙어 있는 호주머니도 귀엽습니다.

이 호주머니 안에는 무엇이든 다 들어갑니다. 밀크카라멜이나 비스킷, 어떤 때는 예쁜 돌멩이와 나무 밑에서 주운 새빨간 잎사귀, 도토리 열매에다 샌드위치맨 아저씨가 준 광고지까지 소중하게 넣어둡니다. 그런데 어느새 보면 모두 다 사라지고 없습니다.

오늘 쇼는 엄마에게 큼지막한 귤을 받았습니다.

이건 작은 호주머니에 들어갈 수 없겠다고 생각했지만, 쇼는 누나에게 껍질을 벗겨달라고 부탁한 다음 귤을 잘게 나눠 주머니에 넣었습니다.

귀여운 호주머니는 무엇이든 안 들어가는 게 없었습니다.

*1978(첫 출간 연도).

창이 없는 건물

어느 날 심부름을 다녀오던 한 아이가 풀밭에서 장난을 치며 놀 때였습니다.

냄비 위에 올라간 아기 개미가 냄비 안에 든 두부를 보고 깜짝 놀랐습니다.

"와, 이게 뭐지? 건물인가? 사각형에 새하얗고 번쩍번쩍해. 진짜 짱이다."

아기 개미는 서둘러 집에 돌아가 엄마 개미에게 이 사실을 알렸습니다.

"요즘 건물이 많이 생기니까 그럴지도 모르지. 창은 몇 개 달려 있었어?"

엄마 개미가 물었습니다.

"창은 없었어요."

"이상하네, 창 없는 집은 없어. 틀림없이 지금부터 만들 거야."

이 이야기를 듣고 있던 다른 개미가 말했습니다.

"우리를 위해 지은 아파트일지도 몰라. 아무튼 구경 가보자."

개미들은 줄줄이 풀밭으로 갔습니다.

그렇지만 창이 없는 새하얀 건물은 어디에 갔는지 찾을 수 없었습니다.

＊1978(첫 출간 연도).

올빼미를 찾아서

올빼미는 별님이 아름답게 떠 있는 밤에 푸른 하늘로 은빛 배를 타고 가는 꿈을 꿨습니다.

큰 나무 위 깊게 패인 굴 안에서 올빼미가 자고 있었습니다. 낮에는 눈이 보이지 않기 때문입니다.

그때 어딘가에서 탕 하고 총소리가 울려 퍼졌습니다. 놀란 올빼미가 푸드덕거리며 굴에서 뛰쳐나왔습니다. 햇빛 때문에 눈이 부셔서 앞이 보이지 않았습니다.

장난치기 좋아하는 까마귀가 이 모습을 보더니 아주 재미있다는 듯이 친구들을 불렀습니다.

"까악, 까악."

"까악, 까악."

여기저기서 까마귀들이 몰려와 올빼미를 놀리기 시작했습니다.

푸드덕푸드덕 올빼미가 활개를 쭉 펴고 날아왔습니다.

이번에는 개가 컹컹 짖고 아이가 돌을 던졌습니다.

나뭇가지에 앉아 친구들하고 쨋쨋거리며 떠들던 참새가 올빼미를 딱하다는 듯 쳐다봤습니다.

"올빼미 님, 제가 숲까지 모셔다 드릴게요."

참새가 숲까지 길을 안내한다며 앞장을 섰습니다.

숲속에서는 산들바람 아주머니가 노래를 부르고 바이올린을 켰습니다.

올빼미가 사라진 산에서는 소동이 일어났습니다.

다들 지혜로운 원숭이 어르신이 있는 곳으로 몰려왔습니다.

"이봐, 까마귀. 장난이 너무 지나쳤어."

토끼가 한마디했습니다.

"이미 벌어진 일은 어쩔 수 없고, 우리 모두 함께 찾아야지."

산비둘기가 말했습니다.

"맞는 말이야. 일단 자네한테 가장 큰 책임이 있으니 마을에 가서 상황을 잘 살펴보고 오게."

원숭이 어르신이 까마귀에게 말했습니다.

까마귀는 날아올라 절 안에 있는 종루 지붕에 앉았습니다.

그다음은 학교 지붕 위로 날아갔습니다.

그곳에서는 마을 풍경이 한눈에 다 내다보였습니다.

—

산에서는 다 함께 까마귀가 돌아오기를 기다렸습니다.

"늦네."

산비둘기가 투덜거렸습니다.

"아무리 까마귀라도 그렇게 빨리 오지는 못하지."

토끼가 대꾸했습니다.

"나라면 좀더 빨리 갔다 왔어."

비둘기가 잘난 척합니다.

"딴짓하고 있지는 않겠지?"

원숭이 어르신도 한마디했습니다.

모두 이렇게 떠들고 있는 곳으로 까마귀가 가쁜 숨을 몰아쉬며 돌아왔습니다.

"마을에 올빼미 시계방이 새로 생겨 너무 정신이 없었어요."

까마귀가 보고했습니다.

"올빼미가 거기 있었어?"

모두 물었습니다.

"올빼미 눈은 동그랗다고 애들이 말하는 소리를 듣고 서둘러 돌아왔어요."

"끝까지 확인해보고 왔어야지."

너구리가 까마귀에게 잔소리를 했습니다.

"사람들이 너무 많아서요. 시계방 앞에 구름떼처럼 새까맣게 몰려 있더라고요. 그리고 저는 어두워지면 눈이 잘 안 보이거든요."

까마귀가 너구리에게 변명했습니다.

"그럼 이번에는 내 솜씨를 보여줄 차례인가? 탐정놀이 하기 딱 좋은 달밤이야."

너구리가 바로 나갈 준비를 했습니다.

"자네야 빈틈없으니까 어련히 알아서 잘 할 테지만, 그래도 조심하게."

원숭이 어르신이 걱정스레 당부했습니다.

—

너구리는 어린 점원으로 둔갑해 길을 걸었습니다.

건널목에 서 있는 트럭을 본 너구리가 짐 위에 훌쩍 올라탔습니다.

짐칸에 탄 웬 아이를 발견한 운전수가 혼을 냈습니다.

"이봐, 꼬맹이! 내려!"

"아저씨, 이걸 드릴 테니 시내까지 태워주세요."

어린 점원으로 둔갑한 너구리는 호주머니에서 여송연을 꺼냈습니다.

—

시내에 들어서자 너구리는 트럭에서 내려 올빼미 시계방을 찾았습니다.

모퉁이 얼음 가게에서 여자와 아이가 미쓰마메(삶은 완두콩에 과일과 우유를 넣고 당밀을 친 음식 — 옮긴이)를 먹습니다.

밤이 점점 깊어지자 사방은 고요해지고 달이 환하게 거리를 비쳤습니다.

"앗, 여기다. 여기."

너구리는 시계방 앞에서 간판을 올려다봤습니다.

올빼미의 둥근 눈이 끔벅끔벅 움직였습니다.

"올빼미 님. 나예요, 너구리. 나 알죠? 모두 올빼미 님을 찾고 있어요. 자, 빨리 돌아갑시다. 까마귀 녀석도 잘못했다고 후회하고 있으니까, 이제 그쯤하고 나랑 같이 돌아가요."

너구리가 설득했지만 올빼미는 눈만 끔벅거릴 뿐 대답이 없었습니다.

"왜 대답이 없어요?"

너구리는 조바심을 냈습니다.

"내가 지금 춤을 춰볼 테니까, 웃고 그만 기분 푸세요."

너구리는 배를 두드린 뒤 노래를 부르며 춤을 췄습니다.

여우 아줌마도
원숭이 어르신도
모두 나와보세요.
이런 달밤에

춤추지 않는 건

장님이나 귀머거리나 벙어리뿐.

—

화재 감시대 위에서 당번을 서던 영감님이 노래하며 춤추는 너구리를 망원경으로 가만히 지켜봤습니다.

"하하하, 저 장난꾸러기 너구리가 틀림없이 이 앞으로 지나가겠지. 그때 산 채로 잡아주지."

할아버지는 조용히 너구리를 기다렸습니다.

너구리는 그런 줄은 꿈에도 모르고 영감님을 잘 속여서 이것저것 알아보자고 생각했습니다. 한 손에 술병을 들고 종종거리며 사다리를 올라갔습니다.

"할아버지, 뭘 보고 계세요?"

점원으로 둔갑한 너구리가 곁에 다가가자 갑자기 영감님이 머리 위부터 담요를 뒤집어씌웠습니다.

—

산에서는 모든 동물들이 밤새도록 너구리가 돌아오기를 기다렸습니다.

어느새 날이 밝아왔습니다.

"뭔가 일이 틀어진 거야."

산비둘기가 호들갑을 떨었습니다.

"하여튼, 똑똑하기는 한데 방정맞은 데가 있어서 실수를 했는지도 몰라요. 이번에는 제가 가서 한번 살펴보고 올게요."

여우 아주머니가 앞에 나섰습니다.

원숭이 어르신은 걱정스러운 얼굴로 생각에 잠기더니, 조금 뒤 여우 아주머니에게 근엄하게 말했습니다.

"언젠가 자네도 그런 실수를 한 적이 있었지. 그러니 너구리만 탓할 수는 없어. 그렇지만 이 산에서 사람이 사는 마을을 살필 수 있는 자가 이제 달리 없군. 이번에는 아주 신중해야 돼."

"이봐, 여우 아줌마한테 무슨 일 있었어?"

까마귀가 작은 목소리로 토끼에게 물었습니다.

"아직 몰라? 여기서는 말 못하니까 나를 따라와."

토끼는 숲속으로 까마귀를 데려갔습니다.

—

큰 귀로 온갖 이야기를 다 듣는 토끼는 까마귀에게 여우 아주머니 이야기를 재미있고도 우습게 들려줬습니다.

"여자아이로 둔갑해서 유부를 사러 가거나 과자 가게 주인을 속여 팥찰떡을 먹는 일 따위가 여우 아줌마한테는 일도 아니거든."

까마귀는 눈을 동그랗게 뜨고 물었습니다.

"뭐라고 속여서 팥찰떡을 먹는대?"

"나도 확실히 모르는데, 마부로 둔갑해 '소가 움직이지 않아요.

소에게 팥찰떡을 조금만 주세요' 하고 부탁하나 봐. 그럼 과자 가게 주인이 '아이고 불쌍해라. 무거운 수레를 끄느라 소가 많이 지쳤나 보네' 하면서 먹음직스러운 팥찰떡을 준다는 거야."

"오호, 아주 감쪽같이 속이네. 우리도 사람으로 둔갑할 수 있으면 좋겠다."

까마귀가 한숨을 내쉬었습니다.

"이봐, 그 빈틈없는 여우 아줌마가 한 방 먹었다니까. 그래서 원숭이 어르신이 저렇게 걱정하시는 거잖아."

토끼가 말했습니다.

"그러니까 얼른 그 이야기를 해줘."

까마귀가 토끼를 보챘습니다. 말하기 좋아하는 까마귀가 자꾸 조르자 상냥한 토끼는 알고 있는 만큼 이야기하지 않고는 배길 수가 없었습니다.

—

눈이 팔랑팔랑 내리는 쌀쌀한 저녁, 술에 취한 사냥꾼이 총을 어깨에 멘 채 한 손에 음식 보따리를 들고 비틀비틀 고갯길을 걸어갔습니다.

이 모습을 본 여우 아주머니는 마음먹었습니다.

'우리 산속 친구들을 늘 괴롭히던 고약한 녀석이군. 오늘 그 원한을 갚아주지.'

아주머니는 눈 깜짝할 사이에 아름다운 아가씨로 둔갑했습니다. 해가 저물어 주위는 이제 어슥해졌습니다. 사냥꾼이 개울가에 있는 다리 근처에 다가갈 무렵 어디선가 아름다운 아가씨가 나타났습니다.

"술에 취해 위험할 테니 제가 손을 잡아드릴게요."

아가씨로 둔갑한 여우는 초롱불로 길을 비추며 사냥꾼 손을 잡으려 했습니다.

그런데 사냥꾼이 재빠르게 뒤로 물러서더니 호통을 쳤습니다.

"어라, 이 도깨비 자식. 무슨 속셈이냐? 나 아직 안 늙었다."

그러고는 곧바로 어깨에 멘 총을 풀어 손에 쥐고 쏠 준비를 했습니다.

여우는 아뿔싸 놀라 숲 쪽으로 꽁지 빠지게 달아났습니다.

그러나 총소리가 한 발 먼저 탕 하고 울려 퍼졌습니다. 여우는 어깨를 맞았습니다.

"아이쿠, 당했다."

여우는 깜짝 놀라 넘어졌지만, 이내 발딱 일어나 거의 굴러가다시피 해서 숲속으로 뛰어 들어갔습니다.

다행히 상처가 깊지 않고 원숭이 어르신이 정성스럽게 보살핀 덕에 여우는 생각보다 빨리 나을 수 있었습니다.

"그런 일이 있어서 원숭이 어르신이 여우 아줌마가 마을에 가는 걸 탐탁지 않아 하시는 거지."

토끼가 까마귀에게 설명했습니다.

"아, 그런 일이 있었구나."

까마귀와 토끼가 모두 모여 있는 곳으로 돌아온 때는 마침 여우 아주머니가 다시 한 번 원숭이 어르신에게 부탁하는 중이었습니다.

"이번에는 실수 안 할게요."

마침내 허락이 떨어지자 여우 아주머니는 신나게 산을 내려갔습니다.

이윽고 멀리 마을이 보였습니다.

—

너구리는 산 채로 사로잡혀 술집 앞 큰 바구니 안에 갇혀 있었습니다. 이런 꼴로 지나가는 사람들의 구경거리가 되다니 체면이 영 말씀이 아니었습니다.

"너구리야, 빨리 사람으로 둔갑해봐."

아이들이 바구니 구석에 웅크리고 있는 너구리를 막대기 끝으로 쿡쿡 찌르며 놀려댔습니다.

그때 스님 한 분이 다가왔습니다.

"이런, 어린이들. 그런 못된 짓들 하면 안 돼요. 아기 너구리도 둔갑술을 부리는데, 만약 엄마 너구리가 알면 절대로 가만있지 않을걸. 너구리를 그만 놔주는 게 어떨까?"

옆에서 이 말을 들은 어른들도 모여서 이야기를 나눴습니다.

"스님 말씀이 맞아. 너구리를 풀어주는 게 좋겠어."

"그게 좋겠어. 그렇게 합시다."

너구리를 풀어주자는 생각에 모두 찬성했습니다.

방동사니로 만든 삿갓을 쓰고 검은 옷을 입은 스님은 바구니 뚜껑을 열고 너구리를 꺼내 안았습니다.

"제가 절에 데려가 불경을 읽고 좋게 타이른 다음 놓아주겠습니다. 그럼 앞으로 장난을 치지 않을 겁니다."

그러고는 술집 앞에서 어딘가로 가버렸습니다.

"저 스님은 어느 절에서 오셨을까? 발이 엄청 빨라. 벌써 사라졌어."

한 사람이 고개를 갸웃거리자 나머지 사람들도 웅성웅성 떠들기 시작했습니다.

스님으로 둔갑한 여우 아주머니는 너구리를 데리고 들판을 건너 밭을 지나 부랴부랴 산으로 돌아왔습니다.

원숭이 어르신은 손뼉을 치며 기뻐했습니다.

"다행이다. 다행이야."

그때 산들바람 아주머니가 올빼미를 데리고 나타났습니다. 먼 곳까지 날아간 올빼미가 별일 없이 돌아온 모습을 보고 산에 사는 모든 동물들은 떠들썩하게 만세를 불렀습니다.

—

이튿날 산에 사는 동물들이 모두 한자리에 모여 성대한 잔치를 열었습니다.

다들 존경하는 원숭이 어르신이 자리에서 일어나 용기 있는 동물들을 칭찬하고 격려했습니다.

"우리 모두 무사하다니, 이렇게 기쁜 일이 또 어디 있겠습니까? 이게 다 평소에 각자 내게 어떤 힘이 있고 무슨 재능이 있는지 잘 알아 어려울 때 서로 도운 덕분입니다. 그래서 우리 행복을 지킬 수 있었습니다. 지금 이 마음가짐을 잊지 말고 모두 힘을 합치면 앞으로 어떤 위험이 닥쳐도 반드시 물리칠 수 있을 겁니다."

* 1963(첫 출간 연도).

오가와 미메이(小川未明, 1882~1961)는 근대 어린이 문학의 창시
자로, 본명은 오가와 겐사쿠(小川健作)다. 다채로운 이야깃거리를
버무려 1200편 정도 되는 동화를 발표해서 '일본의 안데르센'으로
불린다.

　도쿄 전문학교(지금은 와세다 대학교) 영문학과에 다닐 때부
터 신낭만주의 소설을 쓰기 시작한 미메이는 러시아 문학에 깊이
공감하며 아나키즘에도 관심을 보였다. 처음에 인도주의 색채가
짙던 작품 세계는 가난 때문에 두 아이를 잃은 탓인지 차츰 사회를
비판하는 방향으로 바뀌었다. 전쟁 반대, 전쟁을 일으킨 현대 사회
를 향한 날카로운 비판, 순수함을 짓밟는 세력을 향한 분노 등 현
실 문제에 좀더 다가서는 글들을 썼다. 그런데 사회운동에 기여해
야 한다는 생각에 비판적인 글을 많이 쓰다보니 아무래도 본디 추

구하던 신비로운 환상 세계를 찾기가 힘들어졌다. 아무리 인류를 모든 권력에서 해방하려는 투쟁이라지만 군이 어린이들까지 정치에 끌어들여야 하는지 끊임없이 의문을 품고 있던 미메이는 마르크스주의 진영하고 갈등이 심해져 곤란한 처지에 놓인다. 결국 노선 대립이 심해지면서 사회주의하고 완전히 결별한 뒤 모든 사회운동에서 물러난 미메이는 소설 쓰기도 관두고 오로지 동화 작가로 살아가게 된다.

미메이가 쓴 동화는 '죽음, 멸망, 부정적 소재가 많아 미래를 짊어질 어린이들에게 읽힐 동화로 자격 미달'이라거나 '어린이보다 어른을 위한 글'이라는 이유로 몇몇 아동 문학가들에게 한동안 부정당하기도 했다. 이런 지적은 미메이가 쓴 글을 참고하면 될 듯하다.

예술은 철저히 현실을 바탕으로 해야 합니다. 동화는 소설하고 다르게 현실 생명에 뛰어드는 마술적 힘이 있어요. 우리가 현실에서 치열하게 싸워야 하는 까닭은 그 뒤에 반드시 오고야 말 신세계가 목표기 때문입니다.

—《작은 풀과 태양》 서문 중

제가 동화를 쓸 때 지니는 태도입니다만, 동화를 읽으면서 저는 나이를 그다지 문제삼지 않습니다. 동화의 목적은 아이와 어른에게 모두 깃들어 있는 동심의 세계를 일구는 겁니다. 문자나 단어를 쓸 때 쉽다거나 어렵다거나 하는 차이는 좀 날 테지만, 얼마나 내용을 잘 이해하고 느끼는지는 생각건대 읽는 사람의 소질에 달려 있지 나이에 따라 달라지는 않기 때문입니다.

—《오가와 미메이 동화집》 5권 서문 중

일본이 근대화되면서 나타난 많은 모순은 노동자 계급이나 여성, 사회적으로 가장 약자인 어린이에게 집중해 나타났다. 오가와 미메이는 그런 문제를 동화 속에서 많이 다뤘다. 미메이가 쓴 동화에는 가난한 어린이들이 많이 나온다. 계모에게 학대받는 눈이 잘 안 보이는 소녀(〈장님 별〉), 아픈 어머니와 어린 동생들을 책임지려고 밤새도록 신문을 파는 아이(〈굴뚝과 버드나무〉), 거리로 쫓겨나 동냥 다니는 아이들(〈양귀비 밭〉, 〈장화 이야기〉)이 대표적이다. 특히 〈양귀비 밭〉에서는 한쪽 눈밖에 없는 어린이를 이용해 돈벌이를 하는 어른이 나온다. 숱한 어린이들이 돈을 벌러 거리에 나오고 고용살이를 하러 집을 떠난다(〈나무에 오른 아이〉). 미메이가 쓴 에세이를 한 토막 읽으면 이런 현실을 어떻게 인식하고 있었는지 알 수 있다.

강한 사람은 언제나 약한 사람을 괴롭힙니다. 자본가가 노동자를 혹사시키듯 남자가 여자를 속박하듯, 아이는 늘 친구나 어른들에게 학대받았습니다. 아이들은 힘이 없습니다. 어떤 일에도 명령대로 해야 합니다. 절대 복종해야 합니다. 집에서 어른은 자기 상황을 위해 아이를 혹사시킵니다. 아이 감정을 상하게 하고, 위협하고, 때로는 존재조차 무시합니다. 그러나 아이는 어디에도 호소할 수 없습니다. '네가 잘못해서 그렇다'는 말을 들어도 복종해야 합니다.

......(중략)......

아이가 부모 손에서 벗어나 학교에 가면, 그 학교라는 곳은 또 어떻습니까? 아이는 자유를 뺏긴 채 경쟁을 강요받고 친구를 적으로 대하는 법을 배웁니다. 시험 제도는 상상력과 공상과 모험 정신을 깡그리 없애버립니다. 소년기부터 청소년기에 이르기까지 학교생활은 확실히 감옥이나 마찬가지입니다. 그러나 어린이들은 이런 현실에도 잠자코 복종해야 합니다. 대학생이나 되면 모를까, 어린이들에게는 어른들이 만들어놓은 사회 체제를 이상하게 여기는 일조차 허용되지 않습니다.

그래서 저는 어린이들의 대변인이 돼 어린이들을 위해 항의하고, 주장하고, 어린이의 세계 전부를 말할 수 있는 예술이 필요하다고 느낍니다. 또한 이 시대의 어린이들을 위로하는 예술이 필요하다고 생각합니다.

—《아이는 학대에 복종한다》 중에서

거의 백 년 전에 쓴 글인데도 아주 먼 옛날이야기로 다가오지 않는다. 오가와 미메이는 시와 공상과 환상을 비웃는 사람들을 향해 자기 정신이 물질문명에 얼마나 중독됐는지 깨닫지 못한다고 비판했다. 무분별한 개발을 곧 발전으로 여긴 우리는 끊임없이 돈과 기계와 문명에 종속돼 살아가면서 앞으로도 계속 성장하기를 바랄 뿐이다. 우리 사회에 널리 퍼진 '돈이면 다 된다'는 가치관이 자연과 인간성을 파괴하고 있기 때문이다.

후쿠시마 원전 사고는 현대 문명이 우리에게서 얼마나 많은 것을 앗아갈 수 있는지 보여줬다. 그런데도 우리는 이런 일을 나하고 상관없는 일로 여길 뿐, 그날그날 살기에 바쁘다. 설사 막연하게나마 문제를 느낄지라도 내 일이 아니라고 생각하며, 우리의 사고가 물질문명과 개인주의에 얼마나 중독됐는지 의식조차 하지 못한다. 필요한 만큼만 생산하고 조금 불편하더라도 돈과 기계에 덜 기대면 세상이 어떻게 바뀔까?

〈졸린 마을〉에 등장하는 한 소년은 어느 할아버지의 부탁을 받고 세계 곳곳을 돌아다니며 피로의 모래를 뿌리고 다닌다. 모래가 다 떨어져서 할아버지를 만난 곳에 다시 돌아가자, 할아버지는 어디 갔는지 보이지 않고 눈부시게 발전한 세상이 소년의 눈앞에 펼쳐져 있다. 이런 허무한 결말에서 작가는 뭘 보여주고 싶었을까? 산업 문명이 발전하면서 초라해지고 힘을 잃은 늙은 자연은 할아버지의 모습으로 나타나 소년에게 자연을 되살려달라고 부탁한다. 그러나 한 소년이 들고 있는 모래주머니로 자연을 회복하기에는 산업 문명은 너무 거침없이 밀려왔다. 빌려 사는 이 지구를 내 땅이라 착각하며 지금도 편의를 위해 핵발전소를 세우고, 안전을 위해 무기를 갖추는 등 우리는 환경을 마구 오염시키고 있다. 이런 세상을 위해선 소년의 모래주머니가 얼마큼 필요할까.

〈들장미〉는 매우 짧지만 많은 의미를 담고 있다. 두메산골의 평화로운 국경을 배경으로 적군이나 아군에 상관없이 사는 사람들을 상징하는 들장미와, 인간관계를 무시하고 강압으로 우정을 갈

라놓으며 서로 죽고 죽이는 전쟁을 대비시켰다.

오가와 미메이는 영양실조로 어린 딸과 아들을 잃었다. 심지어 아들 장례식 때는 돈을 많이 내는 순서대로 관을 화장하는 바람에 죽은 아이의 관 앞에서 하염없이 기다리는 비참한 일도 겪었다. 자식을 잃은 이런 슬픔이 묻어나는 이야기 중 하나가 〈달과 바다표범〉이다. 바다표범은 그 무렵 전쟁과 가난으로 아이를 잃은 많은 어머니들의 심정을 대변한다.

> 태양은 화려한 거리나 꽃이 피는 들판을 즐거운 듯 굽어보며 여행하지만, 달은 늘 쓸쓸한 마을과 어두운 바다를 보면서 눈물짓습니다. 그리고 불쌍하게 살아가는 인간의 모습과 굶주림에 울고 있는 짐승들을 봤습니다.
>
> ― 〈달과 바다표범〉 중에서

달은 고통받고 상처 입은 사람들을 위로하는 모성애의 상징이다. 태양처럼 화려하고 밝은 세계를 비추는 대신에 어둡고 쓸쓸하며 비참한 세계를 바라보던 달은 아기를 잃어버린 바다표범을 위로하려고 춤추는 사람들이 쉬는 들판에서 북을 몰래 가져와 건네준다. 북은 죽음을 통해 삶을, 어둠을 통해 빛을 그리려 한 작가의 희망이다.

〈푸른 단추〉에서 '푸른색'은 행복의 상징이다. 마사오가 꿈꾸는 행복은 현실에서는 가닿기 힘든 저녁 구름 저편, 어쩌면 몇 천 리 떨어진 바다 너머에 있다. 역무원이나 금붕어 장수는 소녀를 못 만날 가능성이 크다. 둘 사이의 우정이 마사오의 동경심을 크게 지탱하고 있다면 결말에 나오는 비약적인 공상은 마사오의 마음속 풍경, 곧 그리움을 나타낸다. 따뜻한 분위기를 자아내는 아련한 그리움과 여운은 미메이가 문학 속에서 추구한 낭만주의를 보여준다.

〈머리를 떠난 모자〉에서는 개, 노동자, 전봇대, 독수리 둥지로 옮겨 가는 운명을 모자를 빌려 표현했다. 일반적으로 운명론은 체념에 가까운데, 미메이의 경우는 문학적 정취에 더 깊이 연결된다.

〈올빼미를 찾아서〉는 일본 전통 신앙에서 흔히 볼 수 있는, 사람으로 둔갑하는 너구리와 여우가 나와 익살스런 분위기를 만든다. 사라진 올빼미를 찾으려 애쓰는 동물들 이야기가 힘들 때는 모두 힘과 지혜를 모아야 한다는 뻔한 교훈으로 끝을 맺는데, 때로는 이런 단순한 교훈이 절실하게 와 닿기도 한다.

이 동화 모음에 실린 36편의 동화를 읽으면서 우리는 소외되고 빼앗긴 사람들을 향한 오가와 미메이의 따뜻한 눈길과 박애주의 정신을 느낄 수 있다. 미메이의 바람처럼 우리 모두 순수한 마음을 찾아, 좀더 살기 좋은 세상이 되기를 꿈꿔본다.